EL BARCO
DE VAPOR

La foto de los diez mil me gusta

Nando López

Ilustraciones de Paula Blumen

sm

fundación sm

La Fundación SM destina los beneficios de las empresas SM a programas culturales y educativos, con especial atención a los colectivos más desfavorecidos.

Si quieres saber más sobre los programas de la Fundación SM, entra en
www.fundacion-sm.org

LITERATURA**SM**•COM

Primera edición: abril de 2019
Novena edición: enero de 2022

Dirección editorial: Berta Márquez
Coordinación editorial: Paloma Muiña
Dirección de arte: Lara Peces

© del texto: Nando López, 2019
© de las ilustraciones: Paula Blumen, 2019
© Ediciones SM, 2019
   Impresores, 2
   Parque Empresarial Prado del Espino
   28660 Boadilla del Monte (Madrid)
   www.grupo-sm.com

ISBN: 978-84-9182-534-0
Depósito legal: M-6374-2019
Impreso en la UE / *Printed in EU*

*A mis estudiantes del grupo de teatro
del IES San Juan Bautista.
Cuántos buenos recuerdos os debo.
Y cómo extraño las risas de aquellos ensayos...*

Las cartas de amor, si hay amor,
tienen que ser
ridículas.

Pero, al final,
solo las criaturas que nunca han escrito
cartas de amor
son las que son
ridículas.

FERNANDO PESSOA,
Poesías (1914-1935)

• PARA LEER, COMPARTIR Y REPRESENTAR

No es fácil iniciar etapas, pero cuando contamos con la fuerza que nos dan los amigos, ese comienzo resulta, además de enriquecedor, muy divertido.

Ese es el punto de partida de esta comedia en la que, entre fotografías que se vuelven virales, festivales de fin de curso donde nada sale como debería y un misterioso poeta anónimo que traerá de cabeza a todo su colegio, se nos habla de temas tan universales como la amistad, la importancia de comunicarnos con quienes nos rodean o los retos que trae consigo eso que llamamos crecer.

La foto de los diez mil me gusta es una comedia compuesta por doce escenas en la que intervienen casi una veintena de personajes, con el objetivo de que pueda ser no solo leída, sino también representada por quienes quieran lanzarse al escenario y disfrutar del fascinante proceso que supone poner en pie una obra teatral. Por este motivo, los rasgos de la mayoría de los personajes se pueden adaptar a quienes los quieran interpretar, de modo que cada cual haga su propia versión de esta comedia donde lo esencial son los sentimientos y conflictos emocionales de sus personajes.

Los diálogos, en los que predominan las frases breves y el tono coloquial, han sido pensados para que puedan memorizarse sin dificultad, de modo que quienes asuman los diversos personajes cuenten con un texto que sientan próximo y en el que, además, se reconozcan. Tanto las situaciones como las conversaciones de los personajes le resultarán muy cercanos a cualquiera que, ya sea como parte del alumnado, del profesorado o de las familias, pertenezca al mundo de la educación. Estudiantes preocupados por aprobar un examen, docentes con ganas de sacar lo mejor de sus grupos y familias que intentan hacerlo lo mejor posible, aunque la vida, a menudo, sea más complicada de lo que nos gustaría.

La obra es una comedia y (ojo, que aquí viene un pequeño *spoiler*) tiene un final feliz y, sobre todo, esperanzador. Sin embargo, en ella se plantean temas serios con los que se quiere invitar al debate. Y es que pocos instrumentos son tan útiles como el humor para abordar cuestiones graves y que nos atañen a todos. Así, a lo largo de esta pieza, se esbozan preguntas sobre asuntos tan actuales como el uso del móvil y de las redes sociales o acerca de temas tan atemporales como la amistad o las relaciones entre padres e hijos.

En familia, en el aula, con los amigos... Quien se lance a representar *La foto de los diez mil me gusta* seguro que, además de divertirse, logra conocer un poquito mejor a la gente que lo rodee en este viaje. Y para aquellos a los que no les guste actuar pero estén interesados en participar, hay otras tareas igualmente importantes a la hora de montar un espectáculo: utilería, vestuario, decorados, luces y sonido... La puesta en marcha de un espectáculo requiere labores muy distintas y todas ellas pueden resultar igualmente divertidas, todo depende de cuál creamos que es más adecuada para nuestras capacidades. El trabajo en equipo, la cooperación, el respeto y la emoción están garantizados en esta obra de teatro.

Y ahora sí, ¡que se alce el telón!

• ¿DE QUÉ VA EL LIBRO?

Es la última semana del curso y todos los alumnos de 6.º B del Gerardo Diego preparan, bajo la atenta dirección de Julia, su profesora de Música, una actuación para el festival. Los ensayos, entre vergüenzas, exámenes y despistes, no van especialmente bien, pero todo se complica cuando aparece una foto en redes sociales.

Ainhoa es la primera en darse cuenta: ¡alguien del colegio ha colgado en Instagram la foto de un poema! Su autor, que firma como Transparent Boy, se dirige a otra persona de la que tampoco se dice el nombre, lo que provoca la curiosidad de mucha gente. Y lo que comienza como un juego acaba convirtiéndose en una imagen viral con miles de me gusta y dos grandes preguntas: ¿Quién es Transparent Boy? ¿Y a quién le escribe?

Solo Ángel, Marc y Ricky, tres amigos tímidos y muy aficionados a los cómics que se llaman a sí mismos «los superfrikis», conocen la respuesta a esas dos preguntas, pero están dispuestos a mantener el secreto tanto tiempo como haga falta. Ni dirán quién es el autor ni confesarán que se dirige a Silvia, una compañera que llegó nueva a principios de curso y que tiene muy preocupadas a sus amigas. Todas intuyen que le sucede algo, pero ella se niega a confesarles de qué se trata.

Poco a poco, los ensayos del festival, el misterio de la fotografía y el secreto de Silvia se mezclarán de manera imprevista y trepidante hasta dar lugar a un desenlace inesperado: ¿Será capaz Transparent Boy de quitarse la máscara? ¿Contará Silvia la verdad de lo que le sucede? ¿Conseguirán que la actuación de 6.º B no sea recordada como la más desastrosa de la historia del Gerardo Diego?

Una comedia que se ríe de nuestros temores (el miedo a hablar, a ser nosotros mismos o a expresar nuestras emociones) y donde los personajes más jóvenes descubren, a través de una trama llena de emoción y risas, el poder de la palabra y, sobre todo, de la amistad.

• PERSONAJES

(19, por orden de intervención)

ENA	JIMMY
NADIA	HÉCTOR
SILVIA	WALTER
REBECA	RICKY
JULIA	AIXA
ÓSCAR	VOZ DE LA MADRE
SOFÍA	VOZ DEL PADRE
ÁNGEL	LAURA
MARC	GERMÁN
AINHOA	

Nota general: Esta obra está escrita con la voluntad de que los personajes sean, en su mayoría, muy flexibles, de modo que se ajusten a las peculiaridades de cada grupo. Es importante que los actores se sientan cómodos y que la puesta en escena refleje la diversidad real de un aula cualquiera, así que es posible introducir todos los cambios que sean precisos. Asimismo, muchos personajes pueden cambiar su sexo (de chica a chico o viceversa) o incluso desdoblarse. De este modo, por ejemplo, la profesora de Música, Julia, podría convertirse tanto en un profesor (Julio) como en dos profesores (Julia y Julio) si las necesidades del reparto lo requieren.

LA CLASE DE 6.º B DEL GERARDO DIEGO

Son un grupo de estudiantes de Primaria tan singular y, a la vez, tan corriente como cualquier otro. Es importante que los personajes se adapten a la realidad y diversidad del grupo que ponga en pie la función y, sobre todo, que se comporten con naturalidad en escena, lo que facilitará su interpretación y, a la vez, hará que la obra sea más divertida y verosímil.

ENA

Amiga de Nadia, con quien comparte pasión por el fútbol. Está muy unida a su madre y guarda un secreto que, a veces, la entristece mucho: nunca ha conocido a su padre. Quizá por eso se esfuerza por ser generosa y comprensiva con los demás, ya que está convencida de que todo el mundo merece cariño y atención.

NADIA

Apasionada del fútbol, es una chica muy decidida y valiente, con una gran capacidad para la ironía y el humor inteligente. Es un personaje lleno de fuerza y de dinamismo que, además, esconde una enorme sensibilidad y, sobre todo, a una amiga leal y sincera.

SILVIA

Es una chica muy madura para su edad y tiende a culparse por cosas que, en realidad, no son responsabilidad suya. Nueva en el Gerardo Diego, echa de menos a sus amistades anteriores, como Aixa, y le preocupa la situación de su familia, ya que intuye que algo grave está a punto de suceder. Odia a los matones y los prejuicios, así que no tiene miedo de intervenir cuando es testigo de una injusticia en clase.

17

REBECA

Amiga de Silvia desde que llegó al colegio, es una persona observadora y directa, que dice las cosas tal y como las piensa. Cree que la sinceridad es el único modo de arreglar lo que está mal, así que no duda en preguntarle a Silvia si le ocurre algo tan pronto como la nota inquieta.

ÓSCAR

Simpático y muy sociable, sin graves problemas familiares ni personales, solo hay una cosa que odia profundamente: los lunes. Le gusta ir a clase y estar con los amigos, pero detesta madrugar y, por supuesto, los exámenes. Sobre todo, si son en lunes.

SOFÍA

Amiga de Ena y de Nadia, aunque a ella no le guste tanto el fútbol como a sus dos compañeras. Su gran pasión es bailar, así que es una de las pocas que lo hace realmente bien en la coreografía que están preparando para el festival. Perfeccionista y buena compañera, ayudará a los demás a preparar la actuación.

AINHOA

Está encantada con su flamante móvil, al que presta demasiada atención según sus amigas. Es una chica de natural curioso e inquieto, con cierta tendencia a la superficialidad que, a veces, logra crispar a Nadia e incluso a Silvia. Su constante deseo de saber algo sobre la vida de los demás hará que, sin pretenderlo, líe todo aún más.

WALTER

Rebelde e inconformista, tiene un don innato para la música y es capaz de componer un rap en un instante. Se interesa mucho por todo lo que le rodea y está convencido de que el arte puede ayudar a construir un mundo mejor. Nada le molesta tanto como que le digan que no puede conseguir algo: ese es su mayor estímulo para lograrlo.

JIMMY

A pesar de que está convencido de que es muy gracioso y ocurrente, no siempre lo resulta. Siente una gran competitividad hacia Walter, pues envidia el talento musical de su compañero. Bajo su fachada de chico extrovertido y bromista se oculta alguien que extraña mucho a sus padres, pues viven muy lejos de él.

GERMÁN

De salud quebradiza, su mayor deseo es no tener que volver a ver un solo médico en los próximos años. Buen compañero y más bien callado, sus mayores virtudes son el tesón y la constancia. Por lo demás, está lleno de dudas sobre su futuro y no sabe si quiere ser juez, veterinario... o astronauta.

HÉCTOR

Fuerte y corpulento, se cree con derecho a decir lo que piensa sin medir las consecuencias. No tiene malicia, pero es experto en soltar algo inadecuado en el momento más inoportuno. Gracias a sus compañeras, aprenderá a medir sus palabras y a ser consciente de lo que estas suponen para la gente que lo rodea.

Los superfrikis

Grupo de tres amigos, también pertenecientes a 6.º B, compuesto por Ángel, Ricky y Marc. Se llaman así porque siempre llevan camisetas de superhéroes, les encanta leer tebeos y novelas gráficas y su mayor pasión es el mundo de Marvel y DC. Tímidos e introvertidos frente a los demás, su amistad y su lealtad son inquebrantables.

Ángel

Su timidez le hace balbucear cada vez que está delante de Silvia, la chica que más le gusta de todo 6.º B. Como es incapaz de hablar, prefiere escribir, pues encuentra en la poesía las fuerzas para decir lo que siente. Es generoso, buen estudiante y servicial: siempre está dispuesto a ayudar a quien lo necesite. Y en el futuro, lo que más le gustaría es ser escritor. O incluso guionista. Sueña con que algún día escribirá una película protagonizada por un superhéroe que será un gran éxito. Quién sabe...

MARC

Impulsivo, temerario y algo imprudente: no siempre calcula las consecuencias de sus acciones, así que mete la pata más de lo necesario... Está convencido de que los móviles y las redes sociales son instrumentos muy positivos para comunicarse con los demás, a pesar de que sus padres se niegan a comprarle el teléfono que lleva meses pidiéndoles.

RICKY

Tan tímido como Ángel, uno de sus dos mejores amigos. Nada le hace tan feliz como estar con ellos, así que no entiende por qué estos parecen haber cambiado tanto de repente. Le molesta que prefieran sus móviles a los momentos juntos y se pregunta si no era mejor todo antes, cuando no había cuentas de Instagram, ni poetas secretos, ni misterios como el que ahora mismo los envuelve.

La profesora

Julia

Es la maestra de Música de 6.º B. Despistada y olvidadiza (le resulta imposible aprender los nombres de los chicos de su clase), está llena de creatividad y de ternura. Tiene mucha experiencia y siente un gran cariño por sus alumnos, por quienes es capaz de hacer cualquier cosa. Pese a los obstáculos, le apasiona su trabajo y está decidida a que el festival de este año sea un gran éxito.

LAURA

Hermana pequeña de Ángel, bastante más extrovertida y espontánea que su hermano. Aunque no comparten gustos ni aficiones, se quieren mucho. Laura resulta un gran apoyo para Ángel, pues es de las pocas personas con quien él no tiene la necesidad de fingir.

VOZ DE LA MADRE

Es la madre de Silvia. En principio este personaje está pensado para que solo se oiga su voz (en directo o grabada), pero también podría aparecer en el escenario, según se prefiera. Además, es un papel intercambiable por un padre (es decir, el matrimonio puede estar compuesto por un padre y una madre, dos madres o dos padres). Es una mujer fuerte y decidida, que lleva tiempo luchando por salvar su matrimonio; pero a pesar de sus esfuerzos, le resulta imposible seguir asumiendo una relación que tanto ella como su pareja saben que ya no funciona. Además, le preocupa mucho que sus desavenencias puedan afectar a la relación con su hija, así que toma una decisión que, aunque le resulta dolorosa, también le parece que es la única coherente con su situación: divorciarse.

Voz del padre

El padre de Silvia, lo mismo que ocurre con el personaje anterior, puede aparecer o no en escena, y puede tratarse también de una madre casada con otra mujer o de un hombre casado con otro hombre. Atraviesa, como su pareja, un momento muy complicado, tanto en lo conyugal como en lo profesional. Decidido a salvar lo que más le importa, la relación con su hija, le preocupa enormemente cómo sincerarse con ella para hacerla partícipe de la situación sin contaminarla con su propia tristeza y frustración.

Aixa

Ha sido la mejor amiga de Silvia desde que eran muy pequeñas y, ahora que están lejos, hablan todos los días por Skype. Se trata de una joven sincera, empática y muy leal, con un corazón enorme. Tanto que, a pesar de extrañarla, no deja de animarla a que haga nuevas amigas para que así pueda adaptarse y ser feliz. Su concepto de la amistad es profundamente generoso, pues entiende que el verdadero afecto es desinteresado y puede vencer la distancia e incluso, si ella y Silvia se lo proponen, también el tiempo.

• ESCENOGRAFÍA

La obra transcurre en diferentes espacios, todos ellos cotidianos y fácilmente reconocibles: La entrada al colegio, el salón de actos, la biblioteca... Sin embargo, no se recomienda crear un decorado para cada uno de esos lugares, pues esto restaría dinamismo a la obra. Lo ideal es jugar con muy pocos elementos para configurar, de manera simbólica y minimalista, cada uno de esos escenarios.

¿Cómo se puede lograr? Con algo tan sencillo y fácil de encontrar en cualquier colegio o instituto como cuatro mesas y seis sillas. He aquí una propuesta de cómo podrían distribuirse, pero no es la única: todo depende de lo que se quiera hacer, y cuanto más originales y creativos seamos, mejor.

La entrada al colegio: todas las mesas y sillas al fondo. Estas últimas, con los respaldos de cara al público.

El salón de actos: las mesas al fondo y las sillas en los laterales.

La biblioteca: dos mesas en el centro del escenario y cada una de ellas con dos o tres sillas.

Las habitaciones de Ángel, Silvia y Aixa: solo una mesa y una silla o tres mesas simulando una cama y una silla al lado.

El parque cercano al colegio: las sillas en grupos de tres como si fueran un banco.

Por supuesto, se puede jugar con muchos más recursos: paneles, proyecciones, murales... Todo depende de la imaginación, recursos y medios. Al tratarse de una obra con tantos personajes, lo más aconsejable, en cualquier caso, es que haya pocos objetos en escena, pues esto ayudará a que los actores puedan colocarse y moverse con facilidad.

Espacios múltiples

Uno de los rasgos singulares de esta obra es que hay escenas, como la 2, que transcurren en más de un espacio a la vez. En estos casos, no es necesario presentar esos lugares de manera realista: lo esencial es que los personajes ocupen sitios diferentes del escenario para que el espectador sepa que no están juntos en ese momento. Los objetos que use cada personaje en esa situación nos ayudarán a saber dónde se halla.

En aquellos casos donde la acción transcurre en dos lugares diferentes a la vez, lo ideal es dividir en dos el escenario de modo que cada lateral sea un lugar distinto. Esto se puede subrayar con el empleo de una iluminación apropiada, pero no es imprescindible. Así, por ejemplo, podemos usar focos de tonos azules para el lateral derecho y otros anaranjados para el lateral izquierdo. Otra posibilidad es establecer la distancia entre ambos con un espacio en sombra, siempre que los medios técnicos nos lo permitan.

También se puede marcar el escenario con alguna cinta adhesiva que solo sea visible para los actores, de modo que estos sepan por dónde pueden y deben moverse. Así podemos señalar diferentes espacios en el escenario, como si fueran las casillas de un tablero de ajedrez, para que cada actor sepa dónde está su lugar.

CÓMO CAMBIAR EL ESPACIO

Lo ideal es inventar posibles coreografías (cuanto más sencillas, mejor) para que sean los propios actores quienes muevan las mesas y sillas entre escena y escena, creando así los diferentes espacios y evitando que haya oscuros, pues estos suelen ralentizar y romper el ritmo escénico.

• VESTUARIO Y ATREZO

En esta obra, el vestuario debe reproducir de la manera más realista y sencilla posible la estética de un grupo cualquiera de 6.º de Primaria y sus diferentes estilos (deportivo, formal, desenfadado, etc.). Cuanta mayor variedad, mejor.

En cuanto al atrezo, he aquí una lista de objetos útiles para ambientar la obra. Pueden estar en el escenario o que los propios personajes los lleven en la mano. Por supuesto, esto es solo una propuesta. Lo divertido es dejar volar la imaginación para dar realismo a cada escena.

ESCENA 1

- Mochilas, cuadernos...: objetos que nos hagan saber que están en un colegio.
- Un reproductor de música.
- Un portátil (para la profesora de música).
- Dos teléfonos móviles: el de Ángel y el de Ainhoa.

ESCENA 2

- Un portátil (puede ser el mismo de la escena 1, que ahora emplea Silvia).

- Libro y cuaderno de Lengua.
- Algún póster, peluche u objeto que identifique la habitación de Silvia.

ESCENA 3

- El móvil de Ángel.
- Libro y cuaderno de Lengua.
- Algún póster, peluche u objeto que identifique la habitación de Ángel y la diferencie de la de Silvia.

ESCENA 4

- Papeles y bolígrafos para anotar deseos.
- Prismáticos (para ver mejor las estrellas).
- Pijamas, zapatillas de andar por casa, almohadas...: elementos que sugieran que es de noche y miran la lluvia de estrellas desde sus dormitorios.

ESCENA 5

- Móviles de Ángel y de Ainhoa.
- Mochilas escolares.

ESCENA 6

- Libros, para dejar claro que están en una biblioteca.
- Un cuaderno, del que arrancarán algunas de sus hojas.
- Una papelera.

Escena 7

- Bolsas de chuches.
- Gorras, para dejar ver que están en un parque, al sol.
- Un balón de fútbol.
- Los móviles de Ainhoa y Silvia.

Escena 8

- Algún póster, peluche u objeto que identifique la habitación de Ángel (idénticos a los de la escena 3).
- Taco de cómics y tebeos.
- Miniaturas de algún superhéroe.
- El móvil de Ángel.

Escena 9

- Un portátil.
- Algún póster, peluche u objeto que identifique la habitación de Silvia (idénticos a los de la escena 2).
- El móvil de Silvia.

Escenas 10, 11 y 12

- Un portátil (para poner música: el mismo de las escenas anteriores).
- Mochilas, cuadernos...: ambiente escolar.
- Los móviles de Silvia, Ainhoa y Ángel.
- Una papelera.

• MÚSICA Y EFECTOS ESPECIALES

Para representar esta obra es importante elegir tres músicas:

La canción que ensayan al principio de la función

Debe ser rítmica y pegadiza, para que nos dé juego en escena y resulte, además, fácil de identificar por el público, lo que favorecerá el humor de la escena.

La melodía del primer rap que canta Walter

Se supone que es una canción improvisada por el personaje en ese mismo instante, así que tiene que ser un ritmo muy sencillo, incluso simple. Se puede inventar uno o buscar inspiración en otros raps actuales. Otra opción es que los compañeros de escena creen el ritmo con elementos del cuerpo para acompañar al rapero (palmas, chasquidos, silbidos, etc.).

La melodía del segundo rap que canta Walter y que bailarán todos en el festival

Esta música debe ser más elaborada, ya que los alumnos bailan a la vez que su compañero canta. Si es posible, se puede componer un tema desde cero utilizando, por ejemplo, una caja de ritmos (existen *online*) o un programa de creación musical en el ordenador. Si no, convendría elegir una base musical apropiada y trabajar sobre ella sumando instrumentos de percusión sencillos o palmas y sonidos con la boca. En cualquier caso, el trabajo en equipo es siempre una buena opción.

Además, sería conveniente elegir una música melódica para la escena 4, donde los personajes van lanzando sus deseos a la noche estrellada.

ESCENA

• 1 •

EL ENSAYO

ENA, NADIA, SILVIA, REBECA, JULIA, ÓSCAR, SOFÍA, ÁNGEL, MARC, AINHOA, JIMMY, HÉCTOR, WALTER, RICKY.

(Lunes por la mañana. Salón de actos del centro escolar Gerardo Diego. Todo 6.º B, con ropa deportiva y cómoda para poder comenzar el ensayo, está esperando a que llegue su profesora. En el grupo hay tres alumnos algo más apartados del resto, como si estuvieran en una conversación privada, que lucen camisetas con logos de superhéroes: son HÉCTOR, WALTER y RICKY.)

ENA: Parece que hoy la de Música va a llegar tarde.

NADIA: No puedo con ella...

SILVIA: Pero si Julia es muy simpática.

NADIA: ¿Vosotras creéis que algún día se aprenderá mi nombre? No es tan difícil: Nadia.

REBECA: A ti, por lo menos, no te confunde con el nombre de tu hermano.

NADIA: Porque no tengo hermanos. Pero estoy harta de que me llama Nuria.

(Entra JULIA. Es una mujer muy afable, pero profundamente despistada y caótica. Lleva decenas de papeles –apuntes, partituras, recortes de prensa...– que pierde y descoloca una y otra vez. Los alumnos están sentados en el suelo o de pie, a su alrededor. SILVIA parece preocupada, más triste que el resto de sus compañeros.)

JULIA: Buenos días, perdonad que haya llegado tarde, pero no encontraba... *(Mientras habla, vuelve a perder el papel que supuestamente quería encontrar.)* Un momento, es que no sé si he traído el... Ah, sí, aquí está. Venga, pues comenzamos con los ensayos de los números para el festival de fin de curso. *(Con evidente miedo.)* Que solo nos quedan tres días hasta el jueves. *(Intentando autoconvencerse de que todo irá bien.)* Pero lo vamos a hacer fenomenal porque lo tenemos todo bajo control. *(Se le caen al suelo los papeles que lleva.)* Bueno, a ver, ¿quién quiere empezar?

NADIA: *(A AINHOA, que está junto a ella.)* Ya verás como nos toca a nosotras.

JULIA: ¿Óscar?

ÓSCAR: Es que hoy nos falta uno.

JULIA: ¿Y eso?

ÓSCAR: Germán, que está en el médico.

JULIA: Vaya... Bueno, pues el grupo de Sofía.

SOFÍA: Yo es que soy del grupo de Óscar.

JULIA: Muy bien, pues que salga el grupo de Óscar.

ÓSCAR: Si es que nos falta uno.

JULIA: ¿Cómo que os falta uno?

ÓSCAR: Germán, que está en el médico.

JULIA: De acuerdo... Pues el grupo de Ena.

ENA: Es que yo soy del grupo de Sofía.

JULIA: Estupendo. Pues que salga el grupo de Sofía.

SOFÍA: Es que...

(SOFÍA hace un gesto señalando a ÓSCAR. Este se encoge de hombros dejando claro que, como ha dicho ya dos veces, les falta uno.)

JULIA: Ya, ya, que Germán está en el médico... Pues venga, ¿algún voluntario? Porque tiene que haber algún grupo donde no esté Germán, digo yo.

ÁNGEL: *(A MARC y a RICKY.)* Ni se os ocurra levantar la cabeza.

MARC: Eso, finjamos que no estamos aquí...

ÁNGEL: Recordad: somos invisibles.

JULIA: Por favor, que el festival de fin de curso es este jueves.

AINHOA: Ni que esto fuera Broadway...

JIMMY: Hay que ver lo en serio que se lo toma todo esta mujer.

ENA: Porque le importamos.

JIMMY: Si no se sabe ni uno de nuestros nombres.

ENA: Yo creo que, a su manera extraña, hasta nos quiere.

JIMMY: Si yo no digo que no, pero...

JULIA: ¿Nadie?

NADIA: *(Sabiendo que le va a tocar a ella.)* Ahí viene...

JULIA: Venga, pues empezamos con el grupo de Nuria.

NADIA: *(A sus compañeras.)* Lo sabía.

JULIA: Nuria, sal.

NADIA: Nadia.

JULIA: Es cierto. Si es que sois tantos...

(NADIA sale al centro.)

JULIA: Venga, cuéntanos. ¿Qué has preparado, Nuria?

(NADIA hace ademán de corregirla de nuevo, pero opta por no hacerlo.)

NADIA: Una coreo. La hemos hecho entre varios. *(Conforme los menciona, salen al centro junto a ella.)* Somos Ainhoa, Jimmy, Rebeca, Héctor, Silvia...

(SILVIA, que está al fondo, estudiando a escondidas, no se da por aludida.)

NADIA: *(Carraspeando.)* Silvia...

(SILVIA sigue sin darse por aludida.)

NADIA: Silvia... *(Carraspeando aún más fuerte y elevando la voz.)* ¡SILVIA!

(SILVIA, al fin, se entera y sale corriendo con los demás.)

NADIA: Y yo.

JULIA: ¡Estupendo! ¿Y qué decís que vais a cantar?

JIMMY: Bailar. Es una coreo, profe.

HÉCTOR: Vamos, que no cantamos.

JULIA: A eso me refería. ¿Tenéis la música de lo que queréis cantar?

JIMMY: Pero si es que...

AINHOA: *(Mucho más práctica, interrumpiendo a su compañero.)* Claro. *(Saca su móvil.)* ¿Podemos conectarlo a los altavoces?

JULIA: Sabéis que los móviles están prohibidos.

HÉCTOR: Es que la música solo la tenemos ahí.

JULIA: Os dije que trajerais un CD.

AINHOA: ¿Un CD? Por favor, eso es tan siglo XX...

REBECA: Ya os dije que no iba colar.

WALTER: Déjalos, profe, si no va a pasar nada.

JULIA: Mejor traigo el portátil, lo conectamos y buscamos ahí la música. Seguro que es fácil de encontrar, ¿verdad?

JIMMY: Mucho, sí.

JULIA: No llamo al de guardia porque vuelvo enseguida. No os mováis, ¿vale?

(Todos los que están en escena dicen que no rotundamente con la cabeza. JULIA sale y, mientras lo hace, permanecen inmóviles. En cuanto abandona el escenario, comienzan a moverse y a hablar de modo muy ruidoso. El escenario se vuelve un lugar caótico durante unos segundos. Poco a poco se va calmando el ruido y distinguimos, en primer término, dos grupos: el que forman ÁNGEL, RICKY y MARC, en un lateral, y el de SILVIA, AINHOA, NADIA, REBECA, HÉCTOR y JIMMY, en el otro. Los primeros están hablando. Los segundos intentan repasar su coreografía mientras ENA, WALTER, ÓSCAR y SOFÍA los observan.)

MARC: *(A ÁNGEL, con mucha curiosidad.)* Bueno, ¿y qué?

ÁNGEL: ¿Qué de qué?

MARC: ¿Te lo han regalado o no? *(ÁNGEL asiente.)* ¡Toma! *(Chocan los puños, aunque MARC lo hace de modo mucho más efusivo que ÁNGEL.)* Venga, enséñanoslo.

(ÁNGEL le da el teléfono.)

MARC: Mola... A ver cuándo me compran mis padres uno, porque no hay manera.

RICKY: *(Mirando el móvil nuevo de ÁNGEL con desinterés.)* ¿Y para qué lo quieres?

Marc: ¿Cómo que para qué lo quiere?

Ángel: *(Nada convencido.)* Pues para hablar y eso, ¿no?

Ricky: Pero si ya hablamos.

Marc: Pero así puede descargar cosas y hablar con gente que no conoce.

Ángel: ¿Y para qué quiero yo hablar con gente que no conozco?

Ricky: Eso digo yo. *(A Marc, con suspicacia.)* ¿Qué pasa? ¿Que los que conoces ya no te gustamos?

Marc: No digas tonterías.

NADIA: Que no era así, Ainhoa.

AINHOA: Claro que sí. Dos pasos a la derecha y luego dos pasos a la izquierda.

NADIA: ¿Pero para qué vamos a dar primero los pasos a la derecha y luego a la izquierda? Es absurdo. Si das dos a la derecha y luego otros dos a la izquierda es como si no hubieras dado ningún paso. Te quedas exactamente igual.

SOFÍA: Claro, es que se trata de eso. Si no, en vez de un escenario, vais a necesitar un estadio de fútbol.

NADIA: Ojalá fuera fútbol...

ENA: Pero no lo es. Esto se llama bailar.

WALTER: *(Mirando los movimientos de JIMMY, que son profundamente torpes.)* Bueno, exactamente eso... No.

JIMMY: A ver si tú lo haces mejor.

WALTER: ¿Me estás desafiando?

JIMMY: Sí.

WALTER: ¿En serio? ¿A mí? ¿Desafiándome a mí? ¿Al rey del rap de 6.º?

JIMMY: Vas muy sobrado, ¿no?

WALTER: ¿Yo?

JIMMY: Tú.

WALTER: ¿Yo?

JIMMY: Tú.

WALTER: ¿Yo?

JIMMY: Tú, sí, tú.

SOFÍA: *(Agotada de oírlos. Sarcástica.)* Qué suerte tener chicos tan decididos en esta clase...

AINHOA: *(A SOFÍA.)* Ya veremos cómo lo hacéis vosotras...

SOFÍA: *(Señalando al grupo de MARC, RICKY y ÁNGEL.)* Nos ha tocado con ellos, así que prefiero no pensarlo...

AINHOA: ¿Con los superfrikis?

SILVIA: No me gusta que los llames así.

AINHOA: Pero si se pasan el día hablando de Marvel, DC y toda esa movida de los superhéroes, como si vivieran los tres en Gotham. Además, ¡hasta ellos se llaman así!

SILVIA: Pues no me gusta.

MARC: ¿Y te has descargado algo?

ÁNGEL: No.

MARC: *(Perplejo.)* ¿Cómo que no?

RICKY: Eso ha dicho. Que no.

MARC: ¿Snapchat?

(ÁNGEL niega con la cabeza.)

MARC: ¿Facebook?

(ÁNGEL vuelve a negar.)

MARC: ¿Twitter?

(ÁNGEL sigue negando. MARC no da crédito.)

MARC: ¿¿¿Instagram???

ÁNGEL: Todo eso lo tengo prohibido. Era una de las tres condiciones del regalo.

MARC: ¿Qué condiciones?

ÁNGEL: Ni redes sociales. Ni descargar nada sin consultarlos. Ni usarlo cuando tenga que estar haciendo otra cosa.

RICKY: Estáis muy pesados con el temita del móvil...

MARC: ¿Tú no quieres uno?

RICKY: Yo lo que quiero es que acabe el curso de una vez. Que lleguen las vacaciones. Ah, y que pase la tortura del festival.

ÁNGEL: *(Riendo.)* Pero si lo vamos a hacer genial....

RICKY: Ya, seguro... Con el baile ese y lo del rap de Walter, vamos a hacer el ridículo más histórico de toooda la historia del colegio.

MARC: Te repites, tío.

RICKY: No, no me repito, Marc. Subrayo. Es diferente. ¿Os ha dicho ya Walter las pintas con las que quiere que subamos a escena?

ÁNGEL: ¿Qué pintas?

REBECA: *(Acercándose a SILVIA, que ha sacado su libro de Lengua mientras los demás de su grupo revisan la coreo.)* ¿Estás bien, Silvia?

SILVIA: Lo llevo fatal.

REBECA: Seguro que mañana lo harás bien.

SILVIA: No quiero suspenderlo. Lo último que necesitan mis padres es que me vaya mal el curso...

REBECA: ¿Nos lo vas a contar?

SILVIA: ¿El qué?

REBECA: No sé. Lo que te pasa.

NADIA: No seas cotilla, tía.

REBECA: No soy cotilla. Es que es mi amiga. Y me preocupa.

SILVIA: Rebeca, de verdad que no me pasa nada. Es que me agobio. Pero un poco solo... *(Cerrando el libro.)* Venga, vamos a ver cómo se nos da ese baile.

REBECA: *(Feliz al verla reaccionar.)* Mejor.

MARC: *(Devolviéndole el móvil a su amigo.)* Podrías crearte un perfil secreto.

ÁNGEL: ¿Y para qué quiero yo un perfil secreto?

MARC: No sé, pues porque mola tener un perfil secreto.

RICKY: De verdad, estáis fatal. Voy a tener que ir a la tienda donde te han comprado el teléfono ese a ver si me pueden devolver a mis amigos.

ÁNGEL: No exageres.

MARC: ¿Vosotros no pensáis a veces cosas que no sabéis si se pueden decir o no se pueden decir? *(Los dos asienten.)* Pues para eso sirve un perfil secreto. Para decirlas sin que nadie se entere.

RICKY: ¿Y si se enteran?

MARC: Pero si es secreto, ¿cómo se van a enterar?

RICKY: Pues los desconocidos esos con los que quieres hablar lo mismo sí se enteran. ¿Y luego qué? ¿Qué pasa si eso que yo quería que fuera secreto lo sabe todo el mundo?

MARC: Eso solo pasa si tú quieres que pase.

RICKY: ¿Estás seguro?

(Se oyen los pasos de JULIA, que regresa al salón de actos. Todos vuelven apresuradamente a las posiciones en que estaban antes de que se fuera. Fingen no haberse movido en todo el tiempo que han estado solos.)

JULIA: *(Conectando el ordenador.)* Aquí lo tengo. Gracias por esperar en silencio... A ver, búscame la canción, Nuria.

NADIA: *(Entre dientes, mientras se sienta ante el ordenador y teclea.)* Nadia.

(Comienza a sonar la música.)

NADIA: Es esta.

JULIA: Estupendo. Pues vamos a ver cómo suenan vuestras voces.

HÉCTOR: Pero si es que nosotros solo bail...

NADIA: *(Cortante. Al borde de la desesperación.)* Déjalo.

AINHOA: ¿Todos en posición?

(El grupo completo asiente.)

REBECA: ¡Pues dale ritmo!

(Suena la música muy alto y comienza la coreo. Empiezan haciéndolo bien hasta que SILVIA se confunde y tropieza con HÉCTOR. A partir de ahí, todo comienza a ser un caos: se chocan entre sí, se empujan sin querer y, al final, acaban cayendo al suelo. JULIA tiene que parar la música ante el lío que acaba de formarse.)

JULIA: *(Visiblemente preocupada y tras un gigantesco suspiro. Mira a la que considera líder natural del equipo.)* Creo que vamos a tener que ensayar un poco más, Nuria...

NADIA: *(Molesta. Mirando a SILVIA.)* Eso parece.

ESCENA

• 2 •

¿CÓMO LLEVAS EL EXAMEN?

AIXA, SILVIA, VOZ DE LA MADRE, VOZ DEL PADRE, ÁNGEL.

(Lunes por la noche. En la casa de SILVIA. Ella habla con su amiga AIXA por Skype mientras se oyen –fuera del escenario– las voces de los padres de la primera. Las dos amigas están ante sus respectivos ordenadores en cada uno de los extremos del escenario. En cuanto a los padres, podemos escuchar sus voces en directo o mediante una grabación. También es posible ubicarlos al fondo de la escena, jugando con las sombras, de modo que estén presentes pero no ocupen un lugar tan protagonista como SILVIA y AIXA.)

AIXA: ¿Y cómo llevas el examen?

SILVIA: *(Enseñando el cuaderno lleno de tachaduras en rojo.)* Fatal. No acierto ni una...

AIXA: Hay demasiados sintagmas de esos.

SILVIA: El nominal, el verbal, el adjetival, el preposicional... Si es que son mogollón.

SILVIA: Y que lo digas...

(Las dos se ríen.)

VOZ DE LA MADRE: Es lo mejor para todos.

VOZ DEL PADRE: ¿Estás segura?

VOZ DE LA MADRE: Quería pensar que no, pero...

AIXA: Te echo de menos, ¿sabes?

SILVIA: Y yo a ti. Esta ciudad es tan... distinta. A veces me parece demasiado grande. Otras, demasiado pequeña. Es igual que esos momentos en que Alicia intenta pasar a través de las puertas. Pues a mí me pasa lo mismo que a ella. Que nunca encuentro una puerta que pueda atravesar.

AIXA: Sigue siendo mi libro favorito. ¿Recuerdas cuándo me lo regalaste?

SILVIA: Claro que sí, Aixa. Y también recuerdo que casi me lo tiras a la cara. *(Imitándola.)* «¡Pero si yo no quería un libro!».

AIXA: *(Riéndose al recordarlo.)* Éramos más pequeñas... Solo llevas allí un curso, Silvia. Seguro que no tardas en encontrar otras puertas. Igual que Alicia.

VOZ DEL PADRE: ¿Y con la librería que hacemos?

Voz de la madre: Tendremos que hablar con los abogados.

Voz del padre: También para eso...

Voz de la madre: Es lo más fácil.

Voz del padre: Lo sé.

Aixa: A mí me pasa lo mismo. Y creo que eso no tiene que ver con la ciudad... Tiene que ver con la gente que vive en ella. Y esta ciudad, sin ti, no es igual. Las ciudades sin las amigas de verdad no son nunca las mismas ciudades.

Silvia: A lo mejor es eso... ¿Vas a venir a verme, Aixa? Dijiste que este verano...

Aixa: Si me dejan mis padres, claro que voy.

Silvia: Con tus notas, seguro.

Voz del padre: ¿Y cómo se lo vamos a decir a Silvia?

Voz de la madre: ¿Tú crees que no lo sabe ya?

Aixa: Tengo ganas de ver vuestra librería.

Silvia: Está preciosa... A lo mejor, si entrara más gente en ella...

Aixa: Vaya, hoy todo tiene que ver con las puertas, ¿no?

Silvia: *(Con una sonrisa triste.)* Eso parece.

Voz del padre: Otro cambio importante en tan poco tiempo...

Voz de la madre: Tendrá que acostumbrarse.

Voz del padre: Tendremos.

Voz de la madre: Sí, tendremos.

Silvia: *(Tachando en su cuaderno.)* Voy a suspender fijo.

Aixa: ¿Cuándo es el examen?

Silvia: Mañana. Y es mi última oportunidad... Necesito sacar un cuatro para que me hagan media. Un cuatro, Aixa, pero parece que en vez de eso tuviera que sacar un veintiséis.

Aixa: Esta noche hay lluvia de estrellas fugaces... Puedes pedir ese cuatro como deseo.

Silvia: *(Se ríe.)* No sé si pedir un deseo a las estrellas va a funcionar.

Aixa: Entonces, pide algo más práctico.

Silvia: ¿Como qué?

Aixa: Ayuda.

Silvia: *(Pensativa.)* Pero a quién...

Aixa: A alguien a quien la tribu esa de los sintagmas sí que se le dé bien...

(Sale, por uno de los laterales, Ángel. Cuaderno en mano, queda en segundo término.)

Ángel: Hay gente a la que le aburre estudiar Lengua. A mí no. A mí me parece que nuestra manera de hablar tiene que ver con quiénes somos.

Silvia: En mi clase hay un chico que...

Aixa: *(Con toniquete.)* Un chico, ¿eh?

Silvia: No seas idiota, anda.

Ángel: A mí me gusta fijarme en lo que dice la gente que me rodea. Y en cómo lo dice. Yo, en realidad, no digo casi nada. Cuando estoy solo, sí. O con Marc y Ricky, que es como si fueran yo también. Pero si hay más gente, ya no.

Silvia: Ni siquiera sé cómo se llama.

Ángel: Si hay más gente, prefiero seguir siendo invisible. Que no me vean. Es mi superpoder.

Silvia: Creo que su nombre empieza con A...

Aixa: ¿Alberto?

Ángel: *(Corriendo por escena como si fuera un super-héroe.)* ¡Transparent Boy!

Aixa: ¿Álvaro?

Silvia: *(Cayendo al fin en el nombre de su compañero.)* ¡Ángel!

Ángel: Transparent Boy. Mola... Y si Silvia supiera que tengo una identidad secreta, a lo mejor hasta me hacía algo de caso.

Voz de la madre: Es importante que hablemos con ella.

Voz del padre: No creo que se imagine nada.

Voz de la madre: Yo creo que sí... Hace tiempo que las cosas no van bien. Y Silvia siempre ha sido una niña muy lista.

Ángel: Pero yo creo que ella no sabe ni que existo...

Aixa: Pues dile a Ángel que te ayude con ese examen. ¿Es majo?

Silvia: Apenas hemos hablado.

Aixa: ¿Es tímido?

Silvia: Está siempre con sus amigos. Hablando de cómics.

Aixa: Entonces, es otro como tú.

Silvia: ¿Como yo?

Aixa: De los que leen. Y leen. Y leen. Y leen. Y leen...

Silvia: *(Riéndose de sí misma y de su amiga.)* ¡Para ya!

Ángel: *(Sale de escena con los brazos extendidos, como si volara.)* ¡Transparent Boy ataca de nuevo!

Voz del padre: Ojalá todo fuera distinto.

Voz de la madre: Ya, pero no lo es.

Voz del padre: Al menos lo hemos intentado, ¿no?

Voz de la madre: Sí, lo hemos intentando...

Voz del padre: ¡Silvia!

Silvia: Me llaman.

Aixa: ¡Suerte con ese examen!

Silvia: Gracias, Aixa.

Aixa: Y no te olvides de pedir el deseo.

Silvia: Es que yo no creo en...

Aixa: ¡Hazme caso! ¡Pídelo!

(Aixa le manda un beso y se desconecta. Esto se puede escenificar de varios modos: la actriz desaparece o se queda congelada en escena. Silvia apaga su ordenador, cierra el cuaderno y sale dispuesta a hablar con sus padres.)

ESCENA

• 3 •

EL CUADERNO

ÁNGEL, LAURA.

(Lunes por la noche. En la casa de ÁNGEL. Él está solo en su habitación. Rodeado de libros de texto abiertos, que no mira, frente a la página en blanco de un cuaderno que observa casi obsesivamente y en la que intenta escribir algo.)

ÁNGEL: A veces me gustaría decirte que... *(Tacha. Resopla.)* A veces creo que... *(Vuelve a tachar. Resopla con más fuerza.)* A veces siento... *(Tacha con rabia. Resopla aún más intensamente.)*

(En ese mismo instante, se abre la puerta sin avisar. Es su hermana LAURA, un año menor que él.)

LAURA: Que vengas a cenar.

ÁNGEL: ¿No sabes llamar a la puerta?

LAURA: ¿Y tú no sabes que siempre cenamos a las nueve?

ÁNGEL: Ahora bajo.

LAURA: Además, hoy es lo de la lluvia de estrellas.

ÁNGEL: Menuda tontería.

LAURA: No es una tontería. Yo ya tengo pensado mi deseo... ¿Y tú?

ÁNGEL: Yo paso de esas cosas.

LAURA: Venga ya, no seas muermo.

ÁNGEL: ¿Tú crees que las estrellas hacen que los deseos se cumplan?

LAURA: Pues no sé.

ÁNGEL: ¿Lo ves?

LAURA: ¿Y cómo se va a cumplir un deseo si no lo pides?

ÁNGEL: No me rayes, anda.

LAURA: Pues baja de una vez. Que son las nueve y cuarto.

ÁNGEL: ¿Y...?

LAURA: Papá y mamá se están empezando a poner nerviosos. Ya sabes que la hora de la cena para todos los padres del mundo es fundamental. Para hablar con nosotros y eso.

ÁNGEL: *(Imitando a sus padres.)* «¿Qué tal el cole?».

LAURA: *(Imitando el modo en que ella y su hermano les responden.)* «Bien».

ÁNGEL: «¿Y las clases?».

LAURA: «Bien».

ÁNGEL: «¿Y qué habéis hecho hoy?».

LAURA: «Lo de siempre».

ÁNGEL: No me extraña que tengan prisa en que bajemos. Con lo que nos cunde la conversación...

LAURA: *(Mirando con curiosidad su cuaderno.)* Por cierto, ¿qué hacías?

ÁNGEL: *(Cerrándolo de golpe.)* Nada.

LAURA: Ya... Venga, baja. Que paso de contestar su interrogatorio yo sola.

ÁNGEL: Voy... *(Ella sale.)* ¡Pero cierra la puerta!

(LAURA se asoma de nuevo, junta sus dos manos y pone cara de pena para pedirle que la acompañe cuanto antes. Después se marcha y cierra, tal y como él le ha pedido.)

ÁNGEL: *(Tras abrir el cuaderno de nuevo. Esta vez escribe del tirón, sin ni siquiera pensarlo.)* Llevo demasiado tiempo buscando palabras. Y hoy voy a dejar de hacerlo. Esta noche voy a pedirles a las letras que dibujen tu nombre. Ese que jamás voy a confesar para que mi sueño no se rompa. Porque cuando nos sentimos solos es necesario contar con un sueño donde escondernos.

(Saca su móvil, hace una fotografía del texto. Después, lo deja sobre la mesa y sale de la habitación para cenar con su familia.)

ESCENA

• 4 •

La noche de los deseos

Nadia, Ángel, Ena, Jimmy, Germán, Walter, Héctor, Marc, Ricky, Sofía, Silvia, Ainhoa, Rebeca, Óscar, Julia.

(Lunes por la noche. En el barrio donde viven la mayoría de los alumnos del Gerardo Diego. Los personajes van ocupando la escena conforme formulan su sueño. Todos se hallan en un espacio diferente: su terraza, junto a la ventana de su cuarto, en un parque con su familia y amigos... La propuesta escénica puede ser muy sencilla: basta que salgan con un objeto que identifique dónde se encuentran; por ejemplo, en pijama y con un cepillo de dientes si están viendo la lluvia de estrellas desde casa; con el manillar de una bicicleta si la han ido a contemplar al parque; con unos prismáticos si están en el balcón o la terraza de su piso, etc. La escena, además, se puede acompañar de música que, interpretada o no por los propios actores, acentúe el tono poético de este momento.)

NADIA: Dicen que si lo piensas muy fuerte se cumple.

ÁNGEL: *(Escéptico.)* Esto es una idiotez.

ENA: ¿Cómo se pensará muy fuerte un deseo?

JIMMY: A lo mejor hay que gritarlo.

GERMÁN: Lo mismo si abro la ventana...

WALTER: ¿El deseo se puede rapear?

GERMÁN: Venga, pues ahí va el mío.

HÉCTOR: Que no hagamos el ridículo en el baile.

MARC: Que no me tropiece en el escenario.

RICKY: Que caiga un meteorito, se trague el colegio y se suspenda el baile.

NADIA: Ganar el campeonato.

GERMÁN: Ser juez.

ÁNGEL: Tampoco pierdo nada por probar...

GERMÁN: O veterinario.

WALTER: Que a mis padres les vaya bien allá. Y verlos pronto...

GERMÁN: *(Dubitativo.)* ¿Astronauta?

JIMMY: Una videoconsola nueva.

ÁNGEL: Puedo probar pidiendo uno...

SOFÍA: Aprobarlo todo.

WALTER: Grabar un disco.

ENA: Conocer a mi padre.

WALTER: Mejor no. Mejor me pido grabar muchos discos.

ÁNGEL: Venga, ahí va: publicar un libro.

MARC: Un móvil.

SILVIA: Un aprobado.

AINHOA: Un viaje muy lejos.

ÁNGEL: ¿Y si pido dos?

REBECA: Que mis amigas y yo estemos siempre juntas.

RICKY: Que mis amigos vuelvan a ser los que eran.

SILVIA: Que la charla de hoy con mis padres no haya ocurrido nunca.

LAURA: Que mis abuelos vivan muchos años.

SILVIA: Que no haya sido real.

ÁNGEL: Aunque el segundo deseo es el más difícil...

ÓSCAR: ¿Se puede pedir que no haya lunes?

WALTER: Que a la gente le molen mis canciones.

ÓSCAR: Por si acaso, lo pido: fuera los lunes.

NADIA: Que me contraten en un equipo de primera.

SOFÍA: Que el próximo verano no se acabe.

JIMMY: Que sea siempre verano.

SILVIA: Que nada cambie.

WALTER: Que la música pueda con todo.

SILVIA: Que el dinero no sea nunca más un problema.

ÁNGEL: *(Haciendo una breve pausa, toma fuerzas para decir lo que está a punto de expresar.)* Que Silvia recuerde mi nombre.

(Desde el fondo, mientras nos han ido contando sus deseos, hemos visto cómo se movía hacia el frente una silueta femenina: se trata de JULIA, que parece haber sido testigo de los deseos de sus alumnos.)

JULIA: *(Sincera y emocionada.)* Yo tengo tres. Que a mi 6.º B le vaya bien en el futuro. Que se cumplan sus sueños... *(Cambiando radicalmente el tono.)* ¡Y que se aprendan el baile de una maldita vez!

ESCENA

• 5 •

¿DÓNDE ESTÁ EL BOTÓN «ELIMINAR»?

Marc, Ángel, Ricky, Rebeca, Silvia, Ena, Nadia, Ainhoa.

(Martes, justo antes de que suene el timbre de entrada a clase. En la puerta del centro escolar. Ángel está junto con sus amigos Ricky y Marc. Los tres miran atentamente la pantalla de su móvil.)

Marc: *(Acabando de leer, con el móvil de Ángel en la mano.)* «… cuando nos sentimos solos, es necesario contar con un sueño donde escondernos».

Ángel: ¿Qué os parece?

(Los dos se miran y se encogen de hombros sin saber qué decir.)

Ricky: Pues la verdad es *(Marc le hace gestos para que se calle, pero Ricky no los pilla)* que no se entie…

Marc: *(Interrumpiendo a Ricky, sin dejar que termine.)* Está muy guapo.

RICKY: *(Siguiéndole la corriente a MARC.)* Eso iba a decir yo, que está muy guapo.

MARC: Sí, está guapísimo.

RICKY: Superguapísimo.

ÁNGEL: *(Interrumpiéndolos y cogiendo de nuevo su teléfono.)* Como críticos literarios sois la leche. En serio.

RICKY: *(Sin pillar la ironía.)* ¿A que sí?

MARC: ¿Lo ves? Si tuvieras un perfil secreto, ahora podrías...

RICKY: Ya estamos otra vez.

MARC: *(Manipulando el móvil de su amigo.)* Mira, por ejemplo... Dime un *nick* que te guste.

RICKY: ¿Un *nick*?

MARC: Sí, un nombre en clave.

ÁNGEL: Transparent Boy.

RICKY: Ya sé lo que es un *nick*; lo que no sé es para qué necesita uno Ángel.

MARC: Para su cuenta de Instagram.

ÁNGEL: ¡Pero si yo no tengo Instagram!

MARC: *(Devolviéndole el móvil.)* Ahora sí.

ÁNGEL: Paso, tío. Como lo vean mis padres...

MARC: No lo van a ver.

ÁNGEL: Tú no conoces a mis padres. Los del CSI a su lado son unos pardillos.

RICKY: ¿Eso se puede borrar?

MARC: Sí, claro. Pero es una pena... Hay gente de la clase que ya tiene cuenta ahí, ¿lo sabíais?

ÁNGEL: *(Interesado de repente.)* ¿Silvia también?

(MARC asiente.)

MARC: A lo mejor así se te da mejor hablar con ella. Porque cada vez que os veis ya sabemos lo que pasa.

ÁNGEL: ¿Qué pasa?

MARC: Que te lías.

ÁNGEL: No, Marc, no me lío.

MARC: Claro que te lías.

RICKY: Eso es verdad. La última vez la llamaste Lidia.

ÁNGEL: Para nada.

RICKY: Te pasa siempre. Te trabas.

MARC: Y te lías.

RICKY: Admítelo.

MARC: Admitirlo es el primer paso...

ÁNGEL: Pero ¿qué os ha dado hoy conmigo?

MARC: Pues que Silvia te gusta desde que la viste el primer día de curso.

ÁNGEL: No es verdad. Solo me llamó la atención. Como era nueva...

MARC: Sí, claro, va a ser eso.

RICKY: Entre el móvil y las chicas, este año estáis un poco plastas, la verdad.

MARC: ¿Y ese plural a qué viene ahora? ¿Qué significa?

RICKY: ¿Que qué significa el plural?

MARC: Sí.

RICKY: Pues lo contrario que el singular.

MARC: Hemos amanecido graciosetes hoy, ¿eh?

RICKY: A ver, lo que yo digo es que tú y Nadia...

MARC: *(Haciéndolo callar y tapándole la boca.)* ¡Shhhh! ¿Quieres bajar la voz?

RICKY: *(Zafándose.)* Como si fuera un secreto.

MARC: Ella no sabe nada.

RICKY: Pues será la única.

MARC: No sabe nada porque no tiene nada que saber. A mí Nadia no me gusta. Ni siquiera me cae bien. Y si me dijeran que si quiero ser su amigo, hasta diría que no.

ÁNGEL: No te lo crees ni tú... Pero si le haces todo el rato la pelota.

RICKY: *(Imitándolo.)* Nadia, qué bien hablas. Nadia, qué bien dibujas. Nadia, qué bien juegas al fútbol.

MARC: Es que juega muy bien al fútbol.

RICKY: Ya. Y Ena también, pero a ella no se lo dices.

ÁNGEL: Y eso es porque te gusta Nadia.

MARC: Vamos a ver si nos centramos, que no estábamos hablando de mí. Sino de él. Y de su perfil secreto.

ÁNGEL: Lo voy a borrar.

MARC: *(Teclea en el teléfono de ÁNGEL conforme habla.)* Pues es una pena, porque podrías colgar ahí el texto ese tan guapo que has escrito.

RICKY: Guapísimo.

MARC: Y así Silvia podría leerlo sin saber que eres tú. *(Acaba de crear el borrador de la foto en Instagram. Se lo enseña a su amigo.)* Solo falta que pulses el botón de publicar. Un simple clic, y el texto puede que llegue hasta Silvia.

ÁNGEL: O no. Internet es muy grande.

MARC: Ya, pero nuestro cole no tanto. Y he puesto la ubicación ahí arriba, ¿ves? Quien vea la foto sabrá que es de alguien de aquí. Pero no de quién.

ÁNGEL: *(Cogiendo su móvil de nuevo.)* Que no, tío, que paso.

(Entran, apresuradas, REBECA, SILVIA, ENA, NADIA y AINHOA.)

REBECA: *(A su compañera.)* Venga, Silvia, que llegamos tarde.

SILVIA: Solo es el primer timbre.

ENA: Ya sabéis cómo se pone la de Música con los retrasos...

NADIA: *(A los chicos.)* ¿Y vosotros no entráis?

MARC: *(Dócil.)* Claro, claro que entramos.

(RICKY carraspea y MARC le da un pisotón para que se calle.)

AINHOA: *(A ÁNGEL.)* ¿A ti te gusta?

ÁNGEL: *(Completamente blanco, creyendo que se refiere a SILVIA.)* ¿Quién?

AINHOA: La de Música, que si te cae bien.

ÁNGEL: *(Aliviado.)* Sí, no... Bueno, no sé.

AINHOA: ¿Eso es un sí o un no?

SILVIA: *(A ÁNGEL.)* ¿Te puedo pedir un favor?

ÁNGEL: ¿A mí?

SILVIA: *(Divertida ante el atolondramiento de su compañero.)* Claro. Te lo estoy preguntando a ti, ¿no?

NADIA: ¿Queréis entrar de una vez?

ÁNGEL: No... Quiero decir, sí.

AINHOA: *(Irónica.)* Eres muy decidido tú, ¿no?

NADIA: Pues yo entro, que no quiero que me pongan falta.

(Junto con Nadia, entran también Marc, que es el primero en seguirla, Ricky, Ena, Ainhoa y Rebeca. Solo se quedan fuera Silvia y Ángel.)

Ángel: Quería decir que sí que me puedes pedir un favor.

Silvia: ¿Has estudiado mucho para el examen de Lengua?

Ángel: No... Bueno, en realidad, sí... Vamos, que no he estudiado mucho porque ya me lo sabía de antes... Que no es que quiera decir que sea fácil, pero que a mí pues... Pero sí, sí, he estudiado mucho. Muchísimo, en realidad.

SILVIA: Es a cuarta hora, ¿verdad?

ÁNGEL: Sí, es antes del recreo. Quiero decir, después. Eso. Es después porque primero va el examen y luego el recreo... No, primero va el recreo y luego el examen.

SILVIA: ¿Estás bien?

ÁNGEL: Pues claro que sí, Lidia... Silvia.

SILVIA: Yo no he podido estudiar demasiado.

ÁNGEL: ¿Y eso?

SILVIA: *(Esquivando la respuesta.)* Ayer no fue un buen día... Además, eso de analizar oraciones se me da fatal... ¿Podemos vernos en la biblioteca y me ayudas?

ÁNGEL: ¿Yo?

SILVIA: *(Divertida ante el atolondramiento de su compañero.)* Claro. Te lo estoy preguntando a ti, ¿no?

ÁNGEL: Claro. Claro que sí que me ayudas... Digo... que te ayudo.

SILVIA: En el recreo, ¿vale? *(Corriendo hacia el interior del centro.)* ¡Muchas gracias, Ángel!

(ÁNGEL se queda solo, con el móvil en la mano, paralizado.)

ÁNGEL: Se ha cumplido *(Mirando al cielo, pensando en las estrellas de la noche anterior.)* Se ha cumplido... *(Empieza ahora con un tono más tranquilo, pero poco a poco va subiéndolo, cada vez más eufórico.)* Silvia sabe mi nombre... Sabe mi nombre.... *(Alzando un brazo en señal de victoria, sin darse cuenta de que tiene el móvil en su mano.)* ¡¡¡Sabe mi nombre!!!

(Se escucha claramente un sonido que procede de su teléfono: acaba de colgar, sin quererlo, la foto con el texto que antes enseñaba a sus compañeros. Si se dispone de medios técnicos, se puede proyectar la imagen al fondo del escenario, aunque esto no es imprescindible para el desarrollo de la función.)

ÁNGEL: *(Viendo lo que acaba de hacer.)* No, no, no, no, no... Eliminar, ¿dónde está el botón de eliminar?

(Corre a borrarlo, pero cuando está a punto de hacerlo vemos cómo empiezan a salir a sus espaldas jóvenes de su edad mirando su móvil y haciendo clic en sus pantallas. Cada clic es un me gusta en su foto. Se puede contar con tantos alumnos como se quiera para esta escena y cada clic ha de ir acompañado de un efecto de sonido idéntico: un timbre, por ejemplo.)

ÁNGEL: *(Al escuchar los clics).* Un me gusta. ¡Pero si acabo de...! Y otro... Y otro más... Y otro más... Y otro... Y otro... ¡Y otro!... Pero... Pero ¿cómo es posible que...?

(Suena de nuevo el segundo y último timbre de entrada a clase.)

ÁNGEL: ¿Y ahora qué hago? *(Siguen sonando clics de me gusta.)* ¿Ahora qué...? *(Con tono de alarma, entra corriendo mientras grita el nombre de su compañero, en busca de ayuda.)* ¡¡¡Maaaarc!!!

ESCENA

• 6 •

LOS RAROS SOMOS BUENA GENTE

ÁNGEL, SILVIA.

(Martes. En el recreo. ÁNGEL está en una de las mesas de la biblioteca, esperando a SILVIA. Se encuentra tan nervioso que no sabe cómo sentarse y varía de postura continuamente. Cuando ella entra, lo pilla en medio de uno de esos cambios y a él, tan atolondrado como de costumbre, se le cae el libro de texto al suelo.)

ÁNGEL: Vaya, no te esperaba... *(Corrigiéndose y dándose cuenta de la tontería que acaba de decir.)* Bueno, sí te esperaba, porque habíamos quedado aquí... Lo que quiero decir es que no esperaba que llegases tan pronto. Creí que ibas a estar con tus amigas y eso.

SILVIA: *(Divertida ante las constantes confusiones de su compañero.)* ¿Y por qué iba a estar con mis amigas si he quedado contigo?

Ángel: Eso es verdad también, sí... ¿Has traído tu cuaderno?

Silvia: Claro... *(Mientras lo abre y saca su estuche.)* ¿Pediste ayer un deseo?

Ángel: Uno, sí. ¿Y tú?

Silvia: *(Asiente.)* ¿Crees que se van a cumplir?

(Ángel no sabe qué decir y se encoge de hombros.)

Silvia: *(Desanimada.)* Yo dudo que los míos se hagan realidad...

Ángel: Eso no lo sabes.

Silvia: Mejor empezamos con esto. A ver si consigo acertar con algún sintagma, para variar.

Ángel: *(Haciendo un esfuerzo enorme por vencer su timidez.)* A lo mejor no tendría que decir lo que voy a decir... Pero creo que... Creo que te lo voy a decir. Sí, yo... A ver, que no quiero que pienses mal y eso, pero es que... no sé cómo, pero te lo quiero decir.

Silvia: *(Confundida.)* ¿Decir qué?

Ángel: *(Acelerado.)* Que he notado que, a ver, no te enfades ni nada, pero es como si... Como si siempre estuvieras un poco triste... No lo digo porque te vigile ni porque te mire todo el rato, porque apenas te miro, en serio... Pero cuando te miro es como si te pasara algo que no quieres contar, y yo no pretendo pedirte que me lo cuentes, de veras. Lo primero, porque no hemos hablado en todo el curso y sería muy raro que me lo contaras a mí. Y lo segundo, porque yo tampoco lo cuento todo; bueno, a Marc y a Ricky sí, pero es que ellos son como si fueran yo mismo. Los amigos son eso, ¿no? Como si tuviéramos más yoes.

SILVIA: *(Sin entender ni una palabra.)* ¿«Yoes»?

ÁNGEL: *(Como si estuviera cogiendo impulso.)* Lo que quiero decir es... Lo que quiero decir es...

SILVIA: ¿Sí?

ÁNGEL: Que si necesitas contar lo que te pasa, yo te escucho. Y que soy una tumba. Eso. Eso es lo que te quería decir. Que si necesitas una tumba, perdón, un amigo, pues que cuentes conmigo.

SILVIA: ¿Sabes que eres un poco raro?

ÁNGEL: *(Avergonzado.)* ¿Raro?

SILVIA: Sí... Y eso es guay. Porque yo creo que también soy un poco rara.

(Los dos se ríen.)

ÁNGEL: Entonces, ¿me lo vas a contar?

SILVIA: Venga, échame un cable con las oraciones, que el recreo se pasa volando.

Ángel: ¿Y si te digo que si no me lo cuentas no te ayudo?

Silvia: No te creería.

Ángel: *(Sorprendido.)* ¿Ah, no?

Silvia: No.

Ángel: ¿Y por qué no?

Silvia: Porque los raros somos buena gente.

Ángel: No se lo diré a nadie, en serio.

Silvia: ¿Pero por qué quieres saberlo?

Ángel: Por si puedo ayudar.

Silvia: *(Señalando el libro.)* La ayuda la necesito con esto.

Ángel: ¿Solo con esto?

(Silvia asiente sin ninguna convicción.)

Ángel: A lo mejor, si lo dices en voz alta, se va. O pesa menos. A mí me ocurre a menudo. Mira, es... *(Piensa cómo explicarlo y, de pronto, decide arrancar un par de hojas de su cuaderno. Hace una bola de papel con una de ellas.)* Cuando me callo es como si llevara una piedra enorme. Y cuando hablo... *(Tira la bola y la encesta en la papelera más cercana.)* ¿Lo ves? *(Ella se ríe y él hace otra bola con la segunda hoja.)* ¿De verdad que no quieres tirar bien lejos la tuya?

(Á*NGEL le ofrece la bola de papel para que la lance con fuerza. S*ILVIA *se lo piensa, parece que está a punto de cogerla, pero finalmente no lo hace.*)

S*ILVIA:* ¿Nos ponemos ya con el examen?

(Á*NGEL asiente, guarda la bola de papel en su mochila y los dos comienzan a repasar los ejercicios.*)

ESCENA

• 7 •

TÚ NO SABES QUIÉN SOY

Nadia, Sofía, Jimmy, Ena, Rebeca, Héctor, Silvia, Germán, Ainhoa, Walter, Óscar.

(Martes. A la salida de clase. Están todos juntos en un parque cercano a su colegio. Nadia, Rebeca, Ena, Héctor, Walter y Silvia están en un banco en un lateral del escenario. Entran Sofía, Óscar, Jimmy, Germán y Ainhoa con un montón de bolsas de chuches.)

Nadia: *(Al ver el cargamento de dulces que traen sus compañeros.)* ¿No os habéis pasado un poco?

(Comienzan a repartir las golosinas. Nadia coge una de las bolsas y se sorprende de lo que pesa.)

Sofía: Después del examen hay que reponer fuerzas.

Nadia: ¿Reponer fuerzas, o prepararnos por si anuncian hoy el fin del mundo?

Jimmy: *(A los demás.)* ¿Y a vosotros, qué? ¿Cómo os ha salido?

Ena: A mí no me ha dado tiempo.

Rebeca: Es que a ti no te da tiempo nunca.

Ena: Porque era muy largo.

Rebeca: Y porque te tiras un siglo para poner el nombre.

Ena: Necesito concentrarme primero. A mí las prisas me ponen muy nerviosa.

Héctor: *(A Silvia.)* ¿Y tú, Silvia?

Silvia: Mejor de lo que esperaba. Supongo.

Rebeca: *(Indiscreta.)* Porque la han ayudado.

GERMÁN: *(Con curiosidad.)* ¿Ah, sí? ¿Quién?

AINHOA: El Dudas.

SILVIA: *(Desconcertada.)* ¿Quién?

HÉCTOR: ¿En serio? ¿El de los superfrikis?

SILVIA: ¿Cómo lo has llamado?

AINHOA: El Dudas.

JIMMY: Todo el mundo lo llama así. Desde tercero.

HÉCTOR: Porque dice una cosa y luego la contraria. ¿No os habéis fijado?

REBECA: *(Imitándolo.)* Sí... Bueno, no.

HÉCTOR: *(Riéndose con ella y apuntándose a la imitación.)* Ahora, esto…, no, luego.

SILVIA: *(Muy seria y molesta.)* Pues si apruebo, va a ser gracias a él.

REBECA: No te piques.

SILVIA: No me pico. Pero no me gusta ese rollo.

HÉCTOR: Lo hacíamos en buen plan.

SILVIA: ¿A ti te mola que te imiten, Héctor? Porque cuando quieras nos ponemos a hacerlo…

HÉCTOR: Vale, vale. Lo siento.

SILVIA: Eso díselo a él.

GERMÁN: Haya paz…

AINHOA: *(Interrumpiéndolos. Enseñándoles su móvil.)* ¿Habéis visto esto?

SOFÍA: *(Ligeramente molesta.)* Ya estamos. ¿Cuántas veces tenemos que decirte que no todos tenemos móvil?

NADIA: Y algunas ni siquiera queremos tenerlo.

AINHOA: *(Insistiendo en lo que tiene en la pantalla.)* Es muy fuerte.

NADIA: *(Escéptica.)* Ya, seguro. *(Mostrando el balón de fútbol que lleva consigo.)* ¿Quién se anima?

(Levantan la mano Óscar, Sofía, Héctor y Ena.)

NADIA: Guay. Impares... *(Mirando al resto.)* Pues nos falta alguien más.

AINHOA: La foto lleva ya más de tres mil me gusta. ¡Y la han colgado esta mañana!

(Silvia saca también su móvil y busca la imagen de la que habla Ainhoa.)

JIMMY: *(Cogiendo el teléfono de Ainhoa.)* Solo es una foto.

REBECA: *(Con mucha curiosidad.)* ¿De qué?

ENA: *(Asomándose al móvil que sostiene Jimmy.)* De un texto.

SILVIA: *(Corrigiéndola.)* Es un poema.

AINHOA: *(Insistente.)* Con miles de me gusta...

ENA: ¿Y por qué crees que tiene tantos?

AINHOA: Por el misterio. Alguien le escribe una carta de amor a alguien... Pero no sabemos quiénes son. Es como si fuera una película.

NADIA: Sí, guapa, sí, la película que tú te estás montando.

(Walter coge el móvil para leerlo.)

NADIA: Además, es una cursilada. ¿Jugamos o no?

WALTER: Pues a mí me mola.

SILVIA: Es especial...

GERMÁN: *(A WALTER.)* ¿Y a ti desde cuándo te gusta la poesía?

WALTER: Tío, desde siempre. ¿Qué te crees que es el rap?

GERMÁN: No te flipes tanto, anda.

WALTER: *(Rapeando con mucha seguridad, como si se enfrentara verbalmente a los compañeros que siente que acaban de ponerlo en duda.)*

«Tú no sabes quién soy,
ni quién llegaré a ser.
Aunque cortes mis alas,
no me voy a caer.
No, ya no somos niños
que puedas asustar,
somos unos valientes
dispuestos a volar.
Puedes venir conmigo
o te puedes quedar.
Pero el futuro es nuestro.
Y sé que va a molar».

(Sus compañeros aplauden. HÉCTOR va hacia él y chocan las manos.)

AINHOA: A ver si va a resultar que eres tú...

WALTER: ¿Quién?

AINHOA: El tipo este... Transparent Boy.

WALTER: Qué va. Si fuera yo, habría puesto mi nombre. Los artistas queremos que la gente nos conozca.

ÓSCAR: Artista, toma ya... ¿A ti no se te ha subido eso del rap a la cabeza?

SILVIA: Ainhoa, ¿y cómo sabes que es alguien de nuestro cole?

NADIA: ¿Os venís o no?

SOFÍA: Silvia tiene razón.

HÉCTOR: *(A NADIA.)* ¿Tantas ganas tienes de perder?

AINHOA: Es fácil saberlo.

NADIA: ¿Perder con quién? ¿Contigo? *(Se ríe.)* Tú elige equipo, que os vamos a meter siete.

SOFÍA: ¿Fácil?

HÉCTOR: *(Bromeando.)* Mira cómo tiemblo.

AINHOA: El que ha escrito esto es del Gerardo Diego. ¿No veis que pone aquí el nombre del colegio?

SOFÍA: ¿Dónde?

AINHOA: Aquí arriba, en ubicación, justo encima de la foto. Eso quiere decir que la han colgado aquí.

ENA: Entonces, la persona a la que le dedica su texto...

AINHOA: ¿Sí?

ENA: ¡También es de aquí!

AINHOA: ¿No es emocionante, tía?

NADIA: *(Irónica.)* Mogollón.

SILVIA: *(Leyendo de su móvil.)* «Porque cuando nos sentimos solos es necesario contar con un sueño donde escondernos».

WALTER: ¿Pues sabes qué te digo?

NADIA: ¿Que ese tío es un moñas?

WALTER: Que tiene razón. Que todos necesitamos sueños.

NADIA: *(Decidida.)* Yo paso. *(Alzando el balón.)* Quien quiera seguirme, que se venga.

(Salen tras ella ÓSCAR, SOFÍA, HÉCTOR y ENA.)

AINHOA: Hay un montón de comentarios...

SILVIA: Da algo de miedo, ¿no?

JIMMY: ¿Por?

SILVIA: Toda esa gente que no conoces. Ahí. Leyéndote... Es raro.

AINHOA: Mucha gente se pregunta si eso lo puede haber escrito un niño. O un adolescente.

WALTER: Ya estamos... ¿Y por qué no? ¿Por qué no lo podemos haber escrito nosotros?

GERMÁN: Porque en vez de adolescentes, se piensan que somos idiotas.

SILVIA: No me gustaría que tanta gente supiera algo así de mí.

REBECA: ¿Y tus amigas?

SILVIA: ¿Mis amigas qué?

REBECA: Que sí deberíamos saber... Es difícil ser amiga de alguien que no te cuenta nada.

SILVIA: No empecéis con eso.

AINHOA: Venga, vámonos.

(Todos se ponen en marcha, pero WALTER se da cuenta de que SILVIA está más apagada que el resto. Se acerca a ella y consigue hacer que se ría mientras repite el final de su rap. Cantando y riendo, abandonan juntos el escenario.)

WALTER: *(A SILVIA.)*

«Puedes venir conmigo
o te puedes quedar.
Pero el futuro es nuestro.
Y sé que va a molar».

ESCENA

• 8 •

Los Vengadores y Transparent Boy

Ricky, Marc, Ángel.

(Martes por la tarde, antes de cenar. En casa de Ángel. Marc y Ricky están en el cuarto de su amigo, rodeados de cómics y figuras de sus personajes. Ángel, sin embargo, parece algo ausente y no puede evitar mirar su móvil de vez en cuando.)

Ricky: Si hubiera una guerra entre los Vengadores y la Liga de la Justicia...

Marc: Eso es imposible.

Ricky: Por eso he dicho «si hubiera»...

Marc: Ya, pero es que no la puede haber. Los Vengadores son de Marvel, y la Liga de la Justicia, de DC. Y no se mezclan.

Ricky: Que he dicho «si hubiera», Marc. *(Marcando cada sílaba.)* SI HU-BIE-RA. Es una hipótesis.

MARC: Una hipótesis imposible.

RICKY: Pues yo creo que ganarían los Vengadores.

MARC: Y dale... Que eso no va a pasar.

ÁNGEL: *(Incorporándose a la conversación de repente.)* Pues yo tengo otra hipótesis...

MARC: ¿Otra? ¿Con quién quieres que se peguen los Vengadores ahora? ¿Con Harry Potter?

RICKY: Ahí gana Harry fijo.

ÁNGEL: No, es otro tipo de hipótesis...

MARC: Dispara.

ÁNGEL: Imaginemos... Y estoy diciendo «imaginemos»... Pues eso, imaginemos...

MARC: Que sí, tío, que imaginamos.

ÁNGEL: Imaginemos que yo quisiera colgar otra foto más como Transparent Boy.

MARC: Lo sabía.

RICKY: *(Decepcionado.)* ¿Otra vez con eso? Últimamente, en vez del club de los superfrikis parecemos el club de los supermuermos.

ÁNGEL: Solo una foto más... ¿Podría hacerlo?

MARC: Te ha molado lo de los cinco mil me gusta, ¿eh?

ÁNGEL: ¿Cinco mil ya?

MARC: Y lo mismo ahora son más...

ÁNGEL: No es por eso.

RICKY: Paso. Si vais a empezar con ese rollo, yo me voy a mi casa.

ÁNGEL: Es solo un momento, Ricky, de verdad.

RICKY: Es que no lo entiendo. En serio. ¿Por qué te importan tanto cinco mil personas que no conoces de nada?

ÁNGEL: No, ellos no me importan... Pero Silvia sí.

MARC: Pues dile que tú eres Transparent Boy y asunto arreglado. Todo el cole está deseando saberlo.

ÁNGEL: ¡Ni se os ocurra decirlo!

MARC: ¿Pero por qué no?

ÁNGEL: Porque no. Juradlo solemnemente.

RICKY: ¿Se te ha ido la olla?

ÁNGEL: *(Pensando en algo.)* Juradlo por... *(cogiendo uno de los cómics)* por Batman.

RICKY: Estás fatal.

MARC: Tranqui, tío, que somos tus colegas y no se lo vamos a decir a nadie.

ÁNGEL: Pero se os podría escapar.

RICKY: ¿Cuándo hemos metido nosotros la pata? Eh, ¿cuándo?

ÁNGEL: *(Saca un cuadernito pequeño que lleva en el bolsillo y lee.)* El día que le dijisteis a mi hermana que no estaba estudiando con vosotros y se enteraron de que me había ido al cine; el día que se os escapó que os había ayudado en el examen de Mates y me suspendieron a mí; el día que...

RICKY: Pero mira que eres rencoroso.

MARC: Total, por unos descuidos sin importancia...

ÁNGEL: Juradlo.

RICKY y MARC: *(A la vez, con soniquete y total descreimiento.)* Lo juramos por Batman.

ÁNGEL: Mejor. Y ahora, ¿puedo colgar otra foto o no?

MARC: Pues claro.

RICKY: *(Sin entender nada.)* ¿Sí que puede? Pero si después de publicar la foto se puso tan histérico que borró la aplicación...

ÁNGEL: *(Murmurando)* Es que solo me hubiera faltado que me pillaran mis padres...

MARC: Borró la aplicación de su móvil, pero no la cuenta.

ÁNGEL: ¿Y entonces?

MARC: Solo tienes que bajártela de nuevo, cuelgas la imagen y después la desinstalas otra vez para que no se entere nadie. Está chupado.

RICKY: ¿Pero por qué quieres subir más fotos?

ÁNGEL: Porque a lo mejor un nuevo texto de Transparent Boy la anima.

RICKY: Así que Transparent Boy tiene superpoderes...

MARC: Eso parece.

ÁNGEL: Igual que todos.

RICKY: No digas tonterías.

ÁNGEL: No es una tontería. Si no, ¿por qué creamos el club de los superfrikis?

MARC: ¿Para ponernos nosotros mismos el mote antes de que nos lo pusieran los demás?

RICKY: Supervivencia.

MARC: Exacto.

ÁNGEL: *(Imita el ruido de una bocina televisiva.)* ¡Respuesta incorrecta!

RICKY: *(Moviendo en círculos el dedo índice junto a su sien, mirando a MARC.)* Esto del amor lo tiene fatal.

MARC: Superfatal.

ÁNGEL: Creamos este club porque sabemos que todo el mundo tiene un superpoder. Hay gente que tiene el superpoder de hacer que los demás hablen. O el superpoder de que se sientan bien. O el superpoder de hacer reír... Con eso a lo mejor no le ganamos nunca a la Liga de la Justicia, pero es un superpoder igual.

RICKY: Pues yo me pido el superpoder de traer de vuelta del planeta Instagram a mis amigos. Porque antes erais muy divertidos. Y ahora, no tanto. Me voy a casa a cenar, que es tarde... Marc, ¿te vienes?

MARC: *(Asintiendo.)* Por si acaso, dile a Transparent Boy que tenga cuidado, que hay mucho supervillano suelto por ahí...

RICKY: *(Con ironía.)* Hasta mañana, Superromeo.

ÁNGEL: Hasta mañana.

(Salen RICKY y MARC. ÁNGEL, ya solo, abre su cuaderno y empieza a escribir un nuevo texto.)

ESCENA

• 9 •

LA NOCHE DE LOS SECRETOS

AIXA, SILVIA, ÁNGEL, LAURA, AINHOA, WALTER, REBECA, SOFÍA, HÉCTOR, ÓSCAR, NADIA, JIMMY, GERMÁN, ENA.

(Martes por la noche. En casa de SILVIA, ella habla con AIXA por Skype. En casa de ÁNGEL, este intenta escribir un nuevo texto cuando lo interrumpe su hermana LAURA. Las dos situaciones suceden a la vez.)

AIXA: ¿Has visto la foto?

SILVIA: ¿Tú también?

AIXA: La han colgado desde tu cole...

SILVIA: Sabes que paso de esas cosas.

AIXA: Acaba de llegar a los diez mil me gusta. ¿Tienes idea de quién puede ser?

SILVIA: No. Y tampoco quiero averiguarlo.

AIXA: ¿Por qué estás tan borde?

Silvia: No estoy borde.

Aixa: Claro que sí.

Ángel: *(Escribiendo.)* «... aunque no lo sepas, tú no estás sola.»

(Se escucha la puerta y Ángel corre a esconder el cuaderno. Coge un libro para fingir que está leyendo, pero no se da cuenta y lo coloca en sentido inverso al natural.)

Laura: *(Entrando.)* ¿Qué hacías?

Ángel: Aquí, leyendo.

Laura: *(Cogiendo su libro.)* ¿Con el libro al revés?

ÁNGEL: Era un experimento.

LAURA: Claro... ¿Sabes lo de la foto?

ÁNGEL: ¿Qué foto?

AIXA: Deberías contárselo. Si son tus amigas...

SILVIA: ¿Y si no lo son? Las he conocido este curso.

AIXA: Un curso es mucho más tiempo del que parece.

SILVIA: Ya te lo he contado a ti.

AIXA: Sí, pero estamos lejos. Y te vendría bien hablar con más gente.

SILVIA: No quiero ser la triste del cole.

AIXA: No vas a serlo. Si son tus amigas, te apoyarán.

SILVIA: ¿Y si no?

AIXA: Pues nada. A buscar otras.

LAURA: Todo el mundo piensa que es alguien del Gerardo Diego.

ÁNGEL: Eso es una bobada. Podría estar en cualquier parte.

LAURA: Y entonces, ¿por qué la colgó desde nuestro colegio?

ÁNGEL: A lo mejor lo hizo por accidente.

LAURA: ¡Pero qué dices! No hay nadie tan torpe como para colgar algo así por accidente.

ÁNGEL: *(Molesto.)* No tiene por qué ser torpe. Quizá se puso nervioso.

LAURA: Eso es una idiotez. ¿Quién se va a poner nervioso por una simple foto?

ÁNGEL: *(Aún más ofendido.)* ¡Pues mucha gente!

SILVIA: Mañana mi padre se irá a un hotel. Hasta que encuentre algo...

AIXA: ¿Y cómo lo llevas?

SILVIA: Raro.

AIXA: Cuando viva en su nueva casa podrás ir a verlo. Y pasar tiempo con los dos. Igual que yo.

SILVIA: Es diferente.

AIXA: ¿Ah, sí? ¿Y por qué?

SILVIA: Los tuyos no se divorciaron por tu culpa.

LAURA: ¿Has leído el poema del Transparent Boy ese o no?

ÁNGEL: Un poco.

LAURA: ¿Cómo que un poco? Si son cuatro líneas, hermanito. O las has leído o no las has leído.

ÁNGEL: Por encima.

LAURA: ¿Y te ha gustado?

AIXA: Ahora lo entiendo.

SILVIA: ¿El qué?

AIXA: Por qué no lo cuentas... Estás convencida de algo que no es verdad.

SILVIA: ¿Y tú cómo lo sabes?

ÁNGEL: Está bien escrito y eso.

LAURA: Pero es muy cursi.

ÁNGEL: *(Indignado.)* ¿Cómo que cursi? ¡No es nada cursi!

LAURA: Vaya que no... Lo que pasa es que a la gente le molan los misterios. Por eso tiene tantos me gusta.

ÁNGEL: *(Picado ante las críticas que hace su hermana del texto sin saber que lo ha escrito él.)* Por eso y porque es bueno.

LAURA: *(Sorprendida por su reacción.)* ¿Pero tú no lo habías leído por encima?

ÁNGEL: Pues por eso mismo. Si leyéndolo por encima ya me parece bueno, imagínate si lo hubiera leído por debajo.

LAURA: Pero ¿qué estás diciendo?

ÁNGEL: Con atención; quería decir con atención. *(Intentando echarla de su cuarto de una vez.)* ¿Tú no tienes deberes para mañana o algo?

LAURA: *(Sospechando.)* ¿Te estás poniendo nervioso?

AIXA: Se divorcian porque ya no están bien juntos. Es así de simple.

SILVIA: Ya... Pero en mi caso es diferente.

AIXA: Vale. Pues cuéntame por qué.

LAURA: Porque te conozco. Y te estás poniendo nervioso...

ÁNGEL: ¿Yo? ¿Yo? *(Intenta reírse despreocupadamente, pero le sale muy artificial.)* Ja, ja, ja. ¡Para nada! *(Se echa hacia atrás con la intención de simular tranquilidad, y lo hace con tanta torpeza que se cae al suelo.)*

SILVIA: Porque yo le repetí mil veces a mi padre que me parecía genial su proyecto de la librería. Que era muy buena idea cambiar de trabajo, hasta mudarnos de ciudad y que por fin hiciese lo que siempre había soñado.

AIXA: ¿La librería no va bien?

SILVIA: *(Niega con la cabeza.)* Desde que nos vinimos aquí, todo ha ido mal... Yo pensaba que si él hacía verdad su sueño, discutirían menos. Que mi madre volvería del laboratorio y mi padre de la librería y yo del colegio y los tres tendríamos cosas que contarnos. Pero aquí ha sido todavía peor. Porque en la empresa nueva le piden a mi madre que pase aún más horas. Y mi padre cada día está más agobiado. Así que hablan, sí, pero solo de dinero. En esta casa se habla de dinero a todas horas. De que no llegamos. De que no va bien. De que estábamos mejor antes... Aunque antes nadie hablara con nadie.

AIXA: Eso no es culpa tuya, Silvia. Y perseguir los sueños tampoco creo que sea nada malo. A veces salen. A veces, no.

SILVIA: Pues es un asco, ¿sabes? Porque cuando peleas por algo, debería salir bien.

Laura: Estás muy raro...

Ángel: Anda, déjame solo.

Laura: Como tú quieras, hermanito.

(Laura sale. Ángel abre de nuevo el cuaderno, relee lo escrito y añade al final una palabra.)

Silvia: No quiero que me hagan elegir... Me gusta estar con los dos.

Aixa: Pues díselo. A veces, aunque parezca mentira, los padres hasta saben escuchar.

(Ángel saca su móvil y hace una fotografía al cuaderno.)

Silvia: *(Riéndose ante la ocurrencia de su amiga.)* ¿Estás segura?

(Ángel cierra los ojos, extiende su mano con el móvil en él y pulsa sobre la pantalla. Acaba de colgar la imagen. Vuelve a abrir los ojos, coge el cuaderno y el teléfono y sale corriendo.)

Aixa: *(Asintiendo.)* Pero solo a veces. Tampoco nos pasemos. *(Las dos se ríen.)*

(Comienzan a sonar pitidos en el ordenador de Silvia. Con cada nuevo pitido aparece alguien de su colegio en escena. Llevan consigo un móvil, un portátil, una tablet... Poco a poco, Silvia se queda sin espacio, rodeada de siluetas que acaban de leer el texto subido a la red por Ángel.)

SILVIA: *(Sin entender nada.)* ¿Pero qué...?

(Siguen los pitidos y sale más y más gente a escena. Al final, lo ideal es que el espacio esté ocupado por toda la compañía.)

SILVIA: *(Leyendo uno de los muchos mensajes que le están llegando.)* «Eres tú». No es posible...

AIXA: *(Sin entender nada.)* ¿Pasa algo, Silvia?

SILVIA: Que soy yo...

AIXA: ¿Cómo que eres tú? ¿Qué quiere decir eso?

SILVIA: Pues... Exactamente eso. *(Enseñándole su móvil.)* Que soy yo.

(AIXA comienza a entender lo que quiere decir su amiga a la vez que los demás personajes leen, desde la pantalla de sus móviles y ordenadores, el texto de ÁNGEL.)

AINHOA: «A veces no encontramos las palabras».

WALTER: «Y a veces las palabras nos encuentran a nosotros».

REBECA: «Entonces, todo parece más fácil».

SOFÍA: «Porque hay palabras».

HÉCTOR: «Y puedes coger aire».

ÓSCAR: «Sí, coges mucho aire».

NADIA: «Y gritas».

JIMMY: «No importa quién te oiga».

NADIA: «¡Grita!».

GERMÁN: «Los fantasmas tienen miedo a las palabras».

ENA: «Se hacen pequeños».

WALTER: «Porque cuando las palabras te encuentran, dejas de estar sola».

SOFÍA: «Y tú no lo estás».

NADIA: «Aunque no lo sepas».

WALTER: «Tú no estás sola...».

AINHOA: «... Silvia».

(SILVIA apaga su ordenador y, como si corriera en medio de un laberinto de siluetas humanas, sale de escena.)

ESCENA

• 10 •

El desafío

Nadia, Ena, Ainhoa, Marc, Ángel, Silvia, Rebeca, Óscar, Ricky, Jimmy, Julia, Walter, Sofía, Héctor, Germán.

(Miércoles por la mañana. En el salón de actos del colegio. Están todos esperando a que llegue Julia para continuar con sus ensayos.)

Nadia: ¿Sabéis algo de Silvia?

Ena: Hoy no ha venido.

Nadia: Gracias, Sherlock. Eso ya lo veo yo.

Ainhoa: Después de lo de ayer...

Marc: ¿Qué tiene que ver lo de ayer?

(Ángel le hace un gesto a su compañero para que se calle.)

Ainhoa: ¿Tú cómo te sentirías si tooooodo el colegio supiera algo de ti?

MARC: No sabemos nada de ella. Era un texto que le escribía alguien. Nada más.

NADIA: Por eso odio esos trastos...

MARC: Yo creo que solo quiere ayudarla.

NADIA: Ya, pues en ese caso debería haber esperado a que ella le pidiera ayuda.

(Entra SILVIA, apresurada. NADIA les hace un gesto para que se callen y cambien de tema.)

REBECA: Creíamos que no venías.

SILVIA: He dormido fatal... Se me han pegado las sábanas.

ÓSCAR: Eso va a ser la fama.

NADIA: *(Sin poder contenerse.)* Imbécil.

SILVIA: Déjalo. Si Óscar tiene razón, todos lo sabéis ya, ¿no?

RICKY: *(En voz más baja, a MARC y a ÁNGEL.)* ¿Qué se supone que sabemos?

ÁNGEL: *(Pidiéndole que disimule.)* Shhhh...

SILVIA: *(Saca su móvil.)* Pues a mí también se me ha ocurrido algo.

REBECA: ¿Qué vas a hacer?

Silvia: Ahora lo veréis

Ena: Que te la puedes cargar, tía...

Rebeca: Como llegue la de Música y te pille con eso, es capaz de echarte una semana.

Ainhoa: Si el curso se acaba mañana, ¿cómo la va a echar una semana?

Silvia: No se va a enterar nadie.

(*Silvia teclea algo muy deprisa.*)

Jimmy: Pero ¿qué estás haciendo?

Silvia: Responder.

(*Enseña la pantalla de su móvil.*)

Ainhoa: (*Leyendo lo que Silvia acaba de escribir.*) «Yo grito si tú das la cara. Mañana, en el festival. Te espero».

(*Silvia guarda de nuevo su teléfono.*)

Ricky: (*A Marc y a Ángel, intentando que no lo escuche el resto.*) ¡La que habéis liado!

(*Entra Julia, la profesora de Música. Está muy agitada: acaban de darle una noticia sorprendente.*)

Julia: ¡Quiere venir la tele!

Nadia: ¿¿¿Qué???

JULIA: ¡La tele, Nuria!

WALTER: ¿En serio?

JULIA: Sí, son de una cadena local, pero dicen que quieren conocer el colegio del que ha salido el poeta anónimo.

RICKY: *(A sus amigos, realmente preocupado.)* Esto va cada vez peor...

MARC: *(Aterrado.)* Entonces, ¿nos van a grabar? ¿Bailando?

RICKY: Adiós para siempre a mi vida social...

JULIA: En realidad, no. La directora cree que no es buena idea.

RICKY: *(Respirando aliviado.)* Menos mal.

JULIA: ¿No será uno de vosotros?

(Todos niegan con la cabeza.)

SILVIA: *(A sus compañeras, sin que JULIA la oiga.)* Mañana lo sabremos.

JULIA: En fin, con lo bien que habría quedado yo en la tele... Y la ilusión que le habría hecho a mi madre... Pero nada, nos tendremos que conformar con los vídeos que graben vuestros padres.

JIMMY: El mío se ha comprado una cámara nueva solo para esto. Es tan grande que no sé si viene a grabar el festival o a rodar una nueva parte de *Parque Jurásico*.

SOFÍA: Por lo menos, tu familia solo trae una cámara. En la mía me graban los tres: mi madre, mi padre y mi abuela, que, como no ve bien, siempre enfoca a otra niña pensando que soy yo.

JULIA: Bueno, vamos a ponernos ya con esto, que la actuación es mañana y no podemos hacer el ridículo... Venga, el grupo de Jimmy.

JIMMY: Allá vamos.

JULIA: Y en el otro lado, el grupo de Nuria.

NADIA: Yo es que estoy en el grupo de Jimmy.

JULIA: Es verdad. Pues entonces, que salga también el grupo de Nadia.

NADIA: Es que yo soy Nadia.

JULIA: Muy bien. Pues que salga tu grupo.

NADIA: Si es que soy del grupo de Jimmy.

JULIA: Ya lo sé, Nuria. Por eso quiero que salga Nadia.

(NADIA intenta responder algo, pero se siente completamente incapaz. MARC sale en su auxilio.)

MARC: ¿Podemos salir nosotros?

JULIA: Estupendo.

ÁNGEL: ¿Pero te has vuelto loco?

JULIA: Que salga también el grupo de Marc.

RICKY: Pero...

JULIA: ¿Queréis dejar de perder tiempo? Venga, que vamos a calentar.

(Los dos grupos se colocan en sus posiciones. JULIA pulsa el play *de la música y suena un tema muy rítmico diferente al de la escena 1. En el primer grupo están AINHOA, JIMMY, REBECA, HÉCTOR, SILVIA y NADIA; en el segundo, MARC, RICKY, ÁNGEL, ÓSCAR, SOFÍA, WALTER, GERMÁN y ENA. Los dos equipos ocupan sus posiciones y se mueven muy despacio, como si estuvieran a cámara lenta, mientras escuchamos lo que SILVIA y ÁNGEL están pensando sin que nadie más pueda oírlo.)*

SILVIA: ¿Y si Aixa tiene razón?

ÁNGEL: ¿Qué hago yo ahora?

SILVIA: Si voy a seguir en esta ciudad, debería hacerlo.

ÁNGEL: Siempre fue una mala idea.

SILVIA: Hablar con ellas.

ÁNGEL: No puedo decírselo...

SILVIA: Aixa vive tan lejos...

ÁNGEL: ¿Qué pasaría si ella me descubre?

(De repente, como si los hubieran escuchado, NADIA se vuelve hacia SILVIA y RICKY hacia ÁNGEL.)

NADIA: Puedes contar conmigo, Silvia.

RICKY: Un superhéroe no miente nunca, Ángel.

NADIA: Para lo que quieras.

RICKY: Y Transparent Boy es un superhéroe de verdad, ¿o no?

(SILVIA y ÁNGEL reaccionan con extrañeza: ¿es posible que hayan oído lo que creen haber escuchado? De repente, la canción sube de volumen y los movimientos de todos vuelven a velocidad normal. La música invade el escenario.)

ESCENA

• 11 •

DI LA VERDAD

NADIA, SILVIA, AIXA.

(Jueves por la mañana. Al fin ha llegado el día del festival. Todos están nerviosos e ilusionados. En un lateral del escenario vemos el aula de 6.º B, donde están solas NADIA y SILVIA repasando los movimientos de la coreografía y, fuera del aula, el pasillo por el que se van cruzando, sin reparar en ellas, distintos personajes. Corren de un lado para otro buscando el vestuario, los complementos, los objetos que necesitan para el decorado... Se respira la tensión y, a la vez, la alegría en el ambiente.)

NADIA: *(Felicitando a su compañera porque, por fin, le ha salido bien la coreografía.)* ¡Ahora sí! *(Se abrazan.)* *(Poniéndose seria de repente.)* Silvia...

SILVIA: ¿Qué?

NADIA: Me alegra que por fin me lo contaras.

(SILVIA sonríe.)

NADIA: No me esperaba que me llamases ayer.

SILVIA: Yo tampoco sabía que iba a hacerlo...

NADIA: ¿Sabes? A mí también me pasó lo mismo. Aunque yo era mucho más pequeña... Imagínate, si entonces ni siquiera jugaba bien al fútbol.

SILVIA: ¿Tú? Eso sí que no me lo creo.

NADIA: Haces bien, porque siempre he jugado de la leche...

(Las dos se ríen.)

NADIA: *(Poniéndose seria de nuevo. Con sinceridad.)* Cuando ocurrió, también creí que todo era por mi culpa.

SILVIA: ¿Y cómo te diste cuenta de que no era así?

NADIA: Me cansé de estar mal, supongo... No sé. No es justo culparnos por lo que hacen nuestros padres.

SILVIA: *(Aludiendo su móvil.)* Me da que voy a usar mucho esto... A lo mejor así no me siento muy lejos de ninguno de los dos.

NADIA: ¿A que tampoco sabías que Ena nunca ha visto a su padre?

SILVIA: ¿En serio?

NADIA: Se largó cuando era un bebé... Y Walter solo ve a los suyos una vez al año. Están en Ecuador y él vive en casa con un hermano mayor, sus tíos y sus tres primos.

SILVIA: Debe de echarlos mucho de menos.

NADIA: Él dice que no. Pero yo sé que sí. Hasta les dedica raps de los suyos y eso... Luego los hay con suerte, claro. Como Rebeca, que tiene unos padres geniales. O como Óscar, que se lleva fenomenal con sus dos madres.

SILVIA: No tenía ni idea de todo eso...

NADIA: Porque te fijas poco. Deberías mirar más a la gente que te rodea... Creo. ¿Vamos ya con el resto?

SILVIA: Voy enseguida.

NADIA: Guay. No tardes, ¿eh?

(NADIA sale y SILVIA se queda sola. Pensativa. Saca su móvil y escribe un mensaje para AIXA.)

SILVIA: *(A AIXA.)* Se lo he contado todo a Nadia... Tenías razón, Aixa: ahora creo que me siento mejor. Ahora ya no estoy sola.

ESCENA

• 12 •

¡GRITA!

Nadia, Silvia, Marc, Ricky, Ángel, Julia, Rebeca, Ena, Walter; resto de la clase.

(Jueves, minutos antes del festival. En el escenario vemos, en un lateral, el aula de 6.ºB, en la que Silvia sigue escribiéndose con Aixa, y el resto del espacio lo ocupa el salón de actos del Gerardo Diego, donde ya está todo listo y preparado para la actuación de los alumnos. Allí entran Ricky, Marc y Ángel. Los tres van vestidos de raperos.)

Marc: Me siento ridículo.

Ricky: Os lo advertí, pero no me hicisteis caso... Como estabais tan ocupados con el móvil...

Marc: Y lo peor es que se nota de lejos que no tenemos ni idea de rap, ni de *hip-hop* ni de nada que se le parezca.

Ricky: Solo espero que esta tortura del baile acabe pronto.

ÁNGEL: Por lo menos no ha venido la tele.

RICKY: Todo por vuestra culpa...

ÁNGEL: ¡Yo que sabía! Se suponía que era una cuenta anónima.

MARC: ¿Y qué vas a hacer hoy?

ÁNGEL: Pues callarme, claro.

RICKY: Di la verdad de una vez. Es lo mejor.

ÁNGEL: ¿En serio quieres que le diga la verdad con estas pintas?

RICKY: *(Decepcionado.)* ¿Vas a callarte?

(Entra JULIA, que está buscándolos a todos.)

JULIA: ¡Pero mira qué guapos estáis!

RICKY: Sí, sí, guapísimos.

JULIA: Ya verás qué bien lo vas a hacer, Richy.

RICKY: Ricky.

JULIA: Alberto...

ÁNGEL: Ángel.

JULIA: Eso. ¿Puedes traerme el portátil? Tengo ahí toda la música y me lo he dejado en clase, creo.

ÁNGEL: Voy.

Julia: Gracias, Aurelio. Y vosotros, venid conmigo.

(Marc y Ricky salen acompañando a Julia. Ángel recorre el escenario y llega al lateral opuesto. Entra en el aula y allí se encuentra con Silvia. Mientras ellos dos hablan, el resto de compañeros siguen ensayando su actuación en el salón de actos.)

Ángel: Perdona, no sabía que...

Silvia: *(Alegre de verlo.)* ¡Ángel! Te he estado buscando.

Ángel: *(Con miedo de que lo haya descubierto.)* ¿Por?

Silvia: Quería que lo supieras antes que nadie...

Ángel: ¿Que supiera el qué?

Silvia: ¡He sacado un 6 en el examen! Gracias a ti.

Ángel: ¡Qué bien!

(Ella lo abraza y él se queda quieto, incapaz de reaccionar.)

Silvia: Bueno, ¿y tú venías a decirme algo?

Ángel: Que necesito, vamos, que Julia necesita el... Eso con teclas que...

Silvia: El ordenador.

Ángel: Eso. El ordenador.

Silvia: Está ahí.

(Ángel lo coge y se encamina hacia la salida, dispuesto a salir de allí cuanto antes.)

SILVIA: *(Cogiendo un cuaderno.)* ¿No ibas a decirme nada más?

ÁNGEL: *(Sin girarse.)* ¿Yo? No... Nada más.

(SILVIA arranca una hoja del cuaderno y hace una bola con ella.)

SILVIA: *(Ofreciéndosela a ÁNGEL y recordando las palabras de su compañero.)* A lo mejor, si lo dices en voz alta, se va...

(ÁNGEL coge la bola de papel sin saber qué hacer con ella.)

SILVIA: En eso creo que tenías razón... Los secretos pesan demasiado.

ÁNGEL: *(Devolviéndole la bola de papel a SILVIA.)* Es que yo no... A ver, que yo nunca he tenido... Yo secretos pues como que no tengo...

SILVIA: *(Agarra el papel con fuerza y eleva el brazo.)* Vale, pues empiezo yo. Mis padres se van a separar.

(Tira la bola con todas sus fuerzas y arranca una nueva página del cuaderno.)

SILVIA: Puede que mi padre tenga que cerrar la librería.

(La arruga y la tira aún más lejos que la anterior. Toma una tercera y última hoja.)

SILVIA: Y no sé cómo dejar de pensar que todo eso está pasando por mi culpa.

(Repite el mismo proceso y la arroja con energía. ÁNGEL se queda mudo. No sabe bien cómo reaccionar. SILVIA se acerca a él y le ofrece el cuaderno.)

SILVIA: Te toca.

(Él coge la libreta. Ella lo mira fijamente, esperando a que reaccione. ÁNGEL siente ganas de huir pero, a la vez, hay algo en ella que le hace albergar esperanzas: quizá merezca la pena decir la verdad. Cierra los ojos, abre el bloc y comienza a arrancar páginas. Cada vez que dice una frase, lanza una de las bolas de papel. Siempre con los ojos cerrados, sin atreverse a mirar a SILVIA.)

ÁNGEL: A veces me odio por ser tan tímido.

(Primer lanzamiento.)

ÁNGEL: Por eso escribo.

(Segundo lanzamiento.)

ÁNGEL: Pero en secreto.

(Tercer lanzamiento.)

ÁNGEL: Porque me siento más libre cuando nadie me ve.

(Cuarto lanzamiento.)

(Abre los ojos y mira, por primera vez sin miedo, a SILVIA.)

ÁNGEL: Cuando soy...

SILVIA: *(Mostrándole su móvil.)* Transparente.

(Ella le sonríe y ÁNGEL se da cuenta de que SILVIA había adivinado su identidad antes de que él la confesara. Justo en ese momento aparecen corriendo ENA y REBECA.)

REBECA: *(Al ver los papeles desperdigados por el suelo.)* ¿Pero qué ha pasado aquí?

SILVIA: Que nos han atacado las palabras.

REBECA: *(Sin entender nada.)* ¿Cómo?

ÁNGEL: *(Con seguridad por primera vez en toda la función.)* Pero hemos ganado nosotros.

ENA: ¡Venid ya! ¡Empezamos en dos minutos, y a la de Música le va a dar algo!

(ENA y REBECA se marchan apresuradamente.)

SILVIA: No más secretos, ¿vale?

(SILVIA le ofrece su mano a ÁNGEL y él la agarra con suavidad.)

ÁNGEL: Nunca más.

(Y los dos salen corriendo, cogidos de la mano, hacia el escenario. Allí, en el centro, está WALTER rodeado por toda la clase, bajo la atenta mirada de JULIA, a la que ÁNGEL acaba de entregar el portátil desde el que controla la música. Con los primeros acordes, WALTER comienza a rapear y ÁNGEL se sorprende al descubrir que la canción está inspirada en el último texto de ese Transparent Boy tras el que, en adelante, ha decidido dejar de ocultarse: desde ahora prefiere ser ÁNGEL. Al menos, de momento...)

WALTER: «A veces
no encontramos
las palabras.
Y a veces
las palabras
nos vienen a buscar.
A veces
coges aire
y dices lo que piensas,
a veces
coges aire
para poder gritar.
Todos esos fantasmas
temen a las palabras.
Todos esos fantasmas
te quieren rodear.
Pero cuando tú gritas,
tus fantasmas
se esconden.

Y cuando tú me hablas,
muere mi soledad».

(Todo el grupo continúa bailando al son de la música y repiten juntos, como una sola voz, los versos finales de la canción.)

TODOS: «Todos esos fantasmas
te quieren rodear.
Pero cuando tú gritas,
tus fantasmas
se esconden.
Y cuando tú me hablas,
muere mi soledad».

(JULIA, su profesora, los mira profundamente orgullosa, consciente de que, ahora que empiezan una nueva etapa, los echará mucho de menos, aunque, por supuesto, seguirá confundiendo sus nombres... Lentamente, en medio de un escenario invadido por la esperanza, el ritmo y la fuerza de un montón de jóvenes llenos de ganas de conquistar el porvenir, se hace el
OSCURO.*)*

TE CUENTO QUE PAULA BLUMEN...

... cuando leyó este libro, intentó meterse en la cabeza de los chicos y chicas que crecen con la tecnología como elemento dominante. Y aunque la etapa escolar le pilla ya lejos, cree que las inquietudes o experiencias de cualquier chaval de hoy son muy parecidas a las que ella y sus amigos sintieron, sobre todo cuando se trata el tema del amor. Son sus amigos, precisamente, los que le inspiraron a la hora de ilustrar *La foto de los diez mil me gusta*.

Paula Blumen nació en Barcelona y estudió Historia del Arte, Arte Gráfico e Ilustración. Empezó en el mundo de la animación, publicidad y las licencias, y ahora se dedica casi por completo a la literatura infantil y al álbum ilustrado. Compagina sus libros con la docencia en la escuela donde estudió; allí es profesora de Color Digital.

TE CUENTO QUE NANDO LÓPEZ...

... escribió su primer poema con siete años. Eran solo cuatro versos (¡pero aún los recuerda!) y, desde entonces, siempre lleva un cuaderno donde apunta todo lo que le inspira para un próximo libro. Está seguro de que hoy es autor por culpa de sus maestras, que lo animaban a escribir, y de sus padres, que le inculcaron el amor por la lectura. De niño le encantaba leer con su madre y escuchar los cuentos que, a él y a su hermano Alberto, les contaba su padre.

Nando López nació en 1977 en Barcelona, aunque con apenas dos años se trasladó a Madrid, donde se doctoró en Filología Hispánica y comenzó su carrera como novelista y autor teatral. Ha trabajado como profesor de Secundaria y Bachillerato y en 2010 fue finalista al Premio Nadal 2010 con *La edad de la ira*. Ha publicado más de una decena de novelas y ha estrenado numerosas obras de teatro dentro y fuera de nuestras fronteras.

Si quieres conocer más acerca de su obra, puedes consultar su página web:

www.nandolopez.es

Si te ha gustado este libro, visita

LITERATURASM.COM

Allí encontrarás:

- Un montón de libros.
- Juegos, descargables y vídeos.
- Concursos, sorteos y propuestas de eventos.

¡Y mucho más!

Para padres y profesores

- Noticias de actualidad, redes sociales y suscripción al boletín.
- Propuestas de animación a la lectura.
- Fichas de recursos didácticos y actividades.

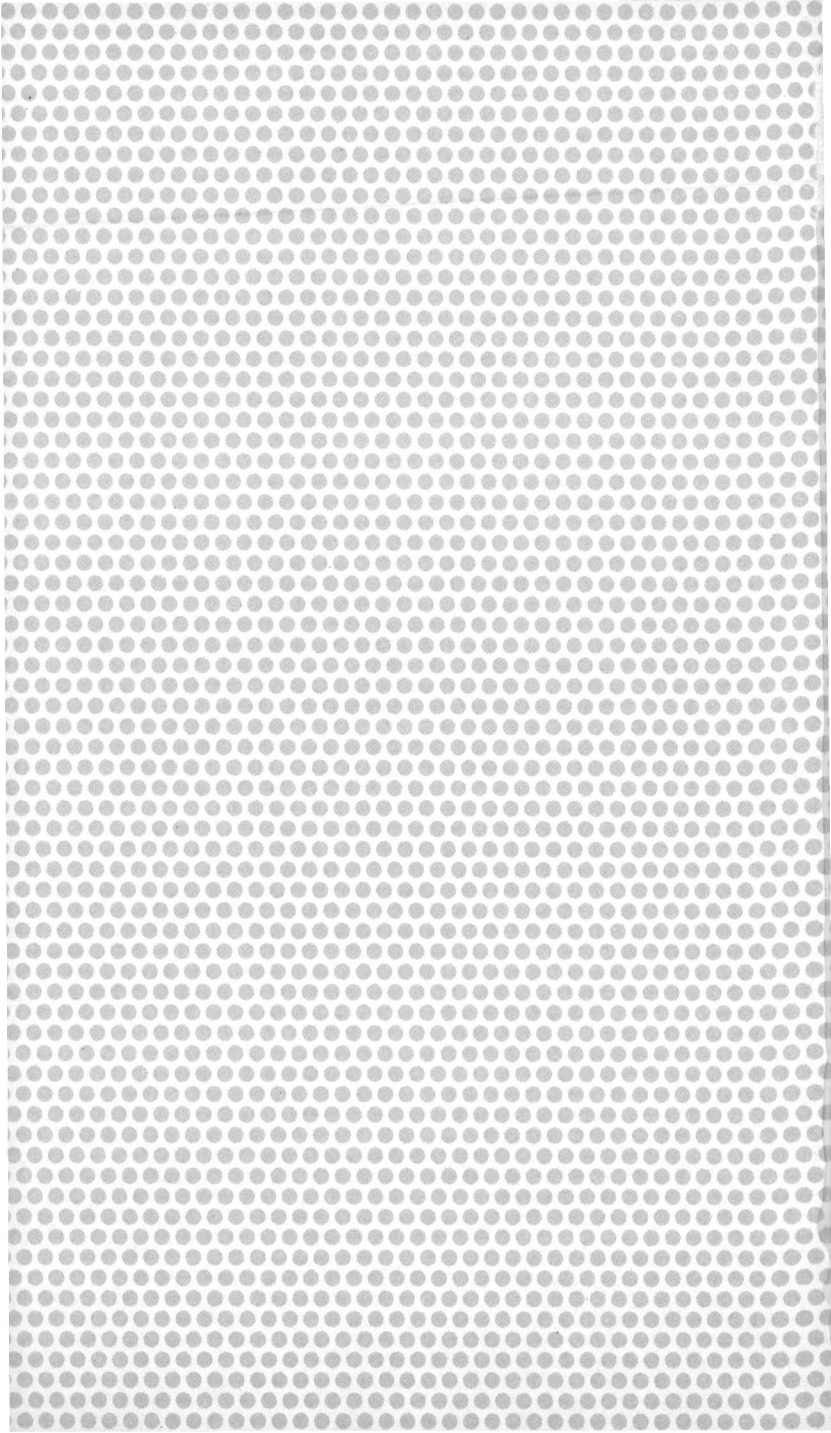